AF239150

Impressum

© 2024 Gustav Christian Denzer

Lektorat: Natalie Nicola,

www.bücherhebamme.de

Covergestaltung: Konstantin Banmann

www.kontinuum-art.de

Druck: Libri Plureos GmbH

Friedensallee 273, 22763 Hamburg

ISBN: 978-3-7693-2099-2

Bibliografische Information der Deutschen
Nationalbibliothek:

Die Deutsche Nationalbibliothek verzeichnet diese
Publikation in der Deutschen Nationalbibliografie;
detaillierte bibliografische Daten sind im Internet
über http://dnb.dnb.de   abrufbar.

Das Werk, einschließlich seiner Teile, ist
urheberrechtlich geschützt. Für die Inhalte ist der
Autor verantwortlich. Jede Verwertung ist ohne seine
Zustimmung unzulässig. Publikation und Verbreitung
erfolgen im Auftrag des Autors, zu erreichen unter:
Gustav Christian Denzer,
Elfriedenstraße 32, 45130 Essen.

Verlag: BoD · Books on Demand GmbH,
In de Tarpen 42, 22848 Norderstedt

GUSTAV CHRISTIAN DENZER

LEBEN IST ÄLTER-WERDEN

Geschichten

Inhaltsverzeichnis

Vorwort

Vor mehr als 20 Jahren ist es mir zur Gewohnheit geworden, fast täglich etwas aufzuschreiben. Meine Frau war vor wenigen Monaten gestorben. In einem großen Haus am Rande eines Dorfes lebte ich jetzt alleine und nur selten kam ich mit Menschen zusammen. Immer mehr zog ich mich zurück und versank in Traurigkeit und Einsamkeit. Hinzu kamen die dunklen und kalten Tage des Winters, konnte mich zu kaum einer Tätigkeit aufraffen, ernährte mich nicht mehr angemessen und versank immer weiter in eine dumpfe, tiefe Depression. Oft dachte ich an mein Lebensende und wie ich es herbeiführen könnte.

Meine Tochter, die mich mehrmals wöchentlich anrief, riet mir, Hilfe bei einem Psychotherapeuten zu suchen, was ich strikt ablehnte. Zu einem solchen Schritt war ich nicht zu bewegen. Lapidar stellte ich nur fest, dass ein Mensch in einer solchen Situation, wie ich sie erlebte, nicht anders reagieren könne. Angemessen eben! Mittlerweile weiß ich, wer sich nicht helfen lassen will, dem ist auch nicht zu helfen.

Damals, der Winter war fast überwunden, erblühte eine Oncidium-Orchidee auf dem Fensterbrett an der Südseite des Wohnzimmers, eben solche, wie Sie sie auf dem Umschlag dieses Bandes sehen. Meine Tochter hatte mir ein Buch ohne Inhalt, mit weißen, leeren Seiten geschenkt und mir den Rat gegeben, in dieses Buch das aufzuschreiben, was mich bewege. Längere Zeit lag dieses mir sinnlos erscheinende Teil irgendwo unbeachtet herum.

Ich weiß nicht warum, aber eines Tages nahm ich es zur Hand und klebte auf eine der ersten Seite das gelungene Foto der gelb blühenden Orchidee. Danach machte ich meinen ersten Eintrag. Mein Schreibwerkzeug war mein alter Füller, dessen Tinte schon längst eingetrocknet war, wieder gebrauchsfähig und nahm mir vor, mit meiner besten Handschrift in dieses Buch zu schreiben. So viele Jahre hatte ich nichts mehr geschrieben. Mein erster Eintrag, scheinbar belanglos, denn ich schrieb kurz, wie ich mit dem Buch umgehen und was ich zukünftig eintragen wollte.

In großen zeitlichen Abständen von vielen Tagen, oft auch Wochen, nahm ich ab und zu einen Eintrag vor, wenn sich etwas Besonderes ereignet hatte. Dann wurden nach und nach die zeitlichen Abstände immer kürzer und ich schrieb dann jeden Tag. Ich digitalisierte alte Fotos von mir nahestehenden Menschen und druckte sie in verschiedenen Größenformaten aus. So besaß ich nach und nach immer mehr Fotos, die in kleineren Bildformaten unsortiert in mehreren Pappkisten lagern. Immer wieder suchte ich ein Foto heraus, beschnitt es auf eine sinnvolle Größe und klebte es auf eine Seite meines Buches. Dazu schrieb ich, wann dieses Foto entstanden war und was gerade zu dieser Zeit in der Familie und in der Welt geschehen war. Ein guter Effekt trat ein, dass ich mich bei der Betrachtung und der Beschreibung des Fotos an schöne Dinge erinnerte, die ich schon lange vergessen glaubte. Ich bemerkter ebenfalls, dass ich mich beim Schreiben wohlfühlte und mir rätselhafter Weise Druck von der Seele genommen wurde.

Mittlerweile habe ich 26 Bücher mit Alltäglichem gefüllt. Alle fünf Monate habe ich eins vollgeschrieben. Ich wollte mit dieser Tätigkeit kein literarisches Werk schaffen. Nur der Moment des Schreibens war für mich von entscheidender Bedeutung.Und dennoch kam irgendwann der Augenblick, in dem ich mich entschloss, einen kleinen Teil meiner Alltags-Geschichten zu veröffentlichen. Ein Buch über mein Leben für die Bienen und viele Zeitungsartikel hatte ich bereits geschrieben.

Mir wurde mir klar, dass Lesen und Schreiben auf eine Art und Weise zusammengehören. Wer liest, sollte auch schreiben, und das nicht nur in der Schul- und Arbeitszeit, sondern auch bis ins hohe Alter hinein. Mit großem Aufwand bringt man jungen Menschen diese Kulturtechniken in der Schule bei und eigentlich ist es doch nicht zu verantworten, wenn ein Mensch diese einmal erlernte

Fähigkeit durch fehlende Übung im Alter wieder verlernt und zum Analphabeten wird.

Ich habe in meinen Geschichten-Büchern nichts geschrieben, was andere nicht lesen dürfen. Ich sage mir, dass ich über alles schreiben kann; es kommt nur darauf an, wie ich es schreibe. Und ich wünsche mir, mit dieser hier vorliegenden Sammlung vielleicht auch andere dazu anzuregen, zu lesen und auch wieder selbst zu schreiben.

P.S.

Eine Bemerkung sei noch erlaubt. Mein Füller aus meiner Berufszeit, mit dem ich vor 20 Jahren zu schreiben begann, ist längst einem sehr edlen Stück gewichen. Jetzt besitze ich einen sehr teuren Mont-Blanc-Füller mit einer goldenen Feder, den mir mein Schwiegersohn geschenkt hat.

Etwas Wertvolleres besitze ich nicht!

Herzlich

Gustav Christian Denzer

Was ist da los?

Die Türen der vollbesetzten U-Bahn schließen sich mit einem leisen Zischen und der Zug setzt sich ruckartig in Bewegung. In Bruchteilen von Sekunden kommt er auf seine Fahrgeschwindigkeit. Ich stehe eingekeilt im Gang zwischen anderen Fahrgästen, die alle in ihre eigenen Gedanken vertieft sind. In den Bänken sitzend, lesen wenige ein Buch, einige starren auf ihre Smartphones, während andere aus dem Fenster schauen oder vor sich hin dösen. Niemand bietet mir seinen Platz an. Mein Knie schmerzt.

Als wir die erste Haltestelle passieren, ohne anzuhalten, heben einige Leute überrascht den Kopf. Ein leises Murmeln geht durch den Waggon.

„Warum halten wir hier nicht?", höre ich jemanden fragen. Die Spannung steigt, als wir auch die nächste Haltestelle ohne Halt passieren. Die Atmosphäre ist zunehmend angespannt. Einige Fahrgäste beginnen, nervös auf ihren Plätzen hin und her zu rutschen, während andere hektisch auf ihre Uhren schauen, als könnte die ihnen eine Antwort geben. Ein älterer Herr neben mir schüttelt den Kopf und murmelt etwas von „technischen Problemen", ein anderer mutmaßt: „Vielleicht ist der

Logführer ausgefallen und wir fahren führerlos."
Eine junge Frau in der Nähe versucht, über ihr
Handy Informationen zu bekommen, aber sie hat
kein Netz. Die Unruhe breitet sich aus wie ein
Lauffeuer unter den zuvor fast schon lethargisch
wirkenden Menschen. Ein Kind beginnt zu weinen.
Es spürt wohl, dass die Erwachsenen etwas beschäftigt. Die Mutter versucht, es zu beruhigen, während
sie selbst sichtlich nervös ist. Es gelingt ihr entsprechend nicht. Die Luft im Waggon fühlt sich plötzlich
stickig an, und ich merke, wie mein Herz schneller
schlägt. Die Ungewissheit, was als Nächstes passieren wird, liegt schwer in der Luft. Endlich, nach
einer gefühlten Ewigkeit, verlangsamt der Zug
seine Fahrt. Es ruckelt und ruckelt und mit einem
weiteren Ruck und kommt er an der übernächsten
Haltestelle zum Stehen.

Ein kollektives Aufatmen geht durch den Waggon,
als die Türen sich öffnen und frische Luft herein-
strömt. Die Fahrgäste steigen hastig aus, einige
werfen noch einen letzten besorgten Blick zurück.
Ich folge dem Strom, froh, endlich wieder festen
Boden unter den Füßen zu haben. Während ich die
Treppen hinaufsteige, höre ich das leise Summen
der Gespräche um mich herum, die alle das gleiche
Thema haben: Was war da gerade los? Laut schep-
pernd kommt im nächsten Moment die Durchsage:

„Unser Zugführer war eingeschlafen. Bitte haben
Sie Verständnis!"

Wie schlecht es dir geht ...

Ich bin stark in die Jahre gekommen. Viele meiner Freunde sind gestorben und meine liebe Frau ist vor inzwischen zwei Jahrzehnten von mir gegangen. So lebe ich alleine und selten, allzu selten – leider – kommt es vor, dass mich jemand besucht. Die Unterhaltung verläuft fast immer in gleicher Weise. Sie beginnt mit: „Na, wie geht es dir denn?" Mit dieser Frage beginnt mein Problem. Was soll ich antworten? Standardantworten kommen mir in den Sinn wie: Mir fehlt die Kraft zum Klagen oder: Ich kann gar nicht genug klagen. Diese Antworten gebe ich nur noch selten, denn sie sind bekannt. Sehr oft sage ich dann: „Ich weiß nicht, was ich antworten soll."

Meine Gesprächspartner reagieren darauf alle ähnlich rational mit: „Eine klare Frage verlangt eine klare Antwort!" Regelmäßig falle ich darauf rein und antworte wahrheitsgemäß. Ich berichte also über meinen Zustand, nichts auslassend, nichts hinzufügend, nichts beschönigend wie in einem Polizeibericht, schonungslos, offen und ehrlich. Nachdenklichkeit bei meinem Zuhörer. Dann langsam entsteht der strenge, stahlharte Blick und es bricht aus ihm hervor, wie der Vesuv nach einer langen Ruheperiode:

„Was du immer hast, ständig redest du von deinen Krankheiten und wie schlecht es dir geht. Alles siehst du negativ. Es ist nicht auszuhalten." Ich wage nicht, mein Gegenüber zu unterbrechen, um darauf hinzuweisen, dass ich wahrheitsgemäß auf eine gestellte Frage geantwortet habe. Stattdessen versinke ich in Schweigen, was sich bei mir als eine gute Methode herausgestellt hat, wenn ich in ein schwieriges Fahrwasser geraten bin. Doch mein Verhalten trägt kaum etwas zur Beruhigung meines Gegenübers bei. Das Streich(el)konzert wird fortgesetzt: „Wenn du mal nicht klagst, erzählst du nur von früher und wie schön alles war und wie großartig du warst." Vielleicht, denke ich, könnte er sich einmal durch den Kopf gehen lassen, dass bei einem Menschen, der viele Lebensjahre gemeistert hat, eben auch viele Erinnerungen vorhanden sind, meist gute, denn nach meiner Erfahrung werden schlechte leichter und schneller vergessen. Und mögliche Ereignisse in der Zukunft sind bei mir kaum im Kopf, denn was für eine hat man wohl, wenn man schon ziemlich dicht vor seinem Grab steht? Wie sollte ich mich als ein alter Mensch sonst verhalten? Wie hättest du es denn gerne? Zu diesen Fragen kommt es nicht.

Doch was ich mir von meinem Gesprächspartner wünsche, darauf fällt es mir dennoch leicht, eine Antwort zu geben: Frage einfach danach, was der alte Mensch sich wünscht, gefragt zu werden. Greife auf aktuelle Tagesereignisse zurück; vor allem stelle echte Fragen und nicht solche, deren Antworten du bereits kennst. Folgendes sind einige der Dinge, nach denen ich persönlich gerne befragt werden würde:

„Wie beurteilst du die neugewählte Regierung? Wie kann man Menschen helfen, die die Energiekosten nicht mehr bezahlen können? Hast du etwas von Freundin / Freund soundso gehört? Welches Buch liest du gerade? Was willst du heute oder in den nächsten Tagen unternehmen und, und, und." Es gibt so viele Möglichkeiten. Das Leben muss sich nicht in Floskeln erschöpfen.

Wenn du die Wahrheit dieses einen Menschen, mit dem du gerade sprichst, nicht hören willst, weil du vielleicht nicht jetzt schon, wenn es dir selbst noch gut geht, an dein Leben als alter Mensch erinnert werden willst und du nicht an die möglichen Schwierigkeiten durch Krankheiten und Einsamkeit in gedankliche Berührung kommen willst, stelle doch andere Fragen! Und befrage dich auch selbst, warum es dir so schwerfällt, die Wahrheit eines anderen einfach stehenzulassen.

Das lasse ich jetzt einfach mal so stehen.

Wie geht es dir damit?

Die Spinne Atrica

„Du bist der Sven, richtig? Ich möchte mich dir vorstellen, aber wie macht man das? Richtiges Benehmen, wie Eltern es zu ihren Kindern sagen, ich weiß nicht, wie das geht. Niemand hat mir das beigebracht. Hm, ich glaube, dass es nicht verkehrt ist, wenn ich einfach anfange, lieber Sven.

Also, die Menschen nennen mich Hausspinne, einfach so, nur weil sie mich im Haus zu sehen bekommen. Im Herbst, wenn es langsam immer kälter und draußen ungemütlicher wird, kommen viele Spinnen in die Häuser. Leider werde ich oft mit meinen vielen Verwandten verwechselt, denn meinen lateinischen, oder meinen richtigen Namen, Eratigena atrica (große Winkelspinne), weiß kaum jemand. Das finde ich überhaupt nicht gut, wenn ich ohne meinen Namen angesprochen werde. Ganz schlimm ist es, wenn dann noch geschrien wird: 'Igitt, igitt, eine Spinne!' Lieber Sven, wir wollen uns einigen: Ich nenne dich Sven und du sagst zu mir ganz einfach Atrica, okay?

Kaum jemand weiß etwas von meinem Leben, denn mein gewebtes Netz lege ich gerne in dunklen Ecken unter der Zimmerdecke an. Dort bin ich auch nur schwer zu erkennen. Die dummen Menschen und dumm ist ein Mensch, wenn er keine Ahnung hat und auch nichts lernen will, finden mich nur eklig und trachten mir nach dem Leben, obwohl ich für Mensch vollkommen ungefährlich bin und sie stattdessen von Milben, Fliegen und anderen Schädlingen befreie. Viele Hausspinnen werden einfach so mit dem Lappen oder einer Fliegenklatsche totgeschlagen, einfach schrecklich. Sven, du bist vor wenigen Wochen in die Schule gekommen. Ich habe auch gemerkt, wie sehr du die Tiere liebst. Das sehe ich immer, wie du mit deinen Fischen im Aquarium umgehst, sie regelmäßig fütterst und sie zuverlässig pflegst. Wenn ein Fisch gestorben ist, bist du sehr traurig und beerdigst ihn im Garten. Das ist würdig, denn der Fisch hat dir ja lange Zeit Freude bereitet. Und wenn sich da mal eine Wespe in deinem Zimmer verflogen hat, tötest du sie nicht gleich, sondern öffnest das Fenster und lässt sie in die Freiheit fliegen. Du bist ein Freund der Tiere und an dir sollte man sich ein Beispiel nehmen. Wenn du willst, können wir beide Freunde werden und uns alles erzählen. Ich verstehe die Sprache der Menschen, kann nur nicht so laut und schnell reden.

Wenn du dann abends im Bett liegst und deine Mutter dir etwas vorgelesen hat, du müde geworden bist, werden wir beide uns unterhalten. Wenn du mich über dir an der Zimmerdecke siehst, kannst du mich etwas fragen und ich werde versuchen, dir deine Frage zu beantworten.

Jetzt, lieber Sven, ist es genug für heute. Morgen Abend um die gleiche Zeit, wenn du im Bett liegst, bin ich da und ich freue mich auf unser Gespräch".

Sven hatte aufmerksam zugehört, obwohl die Spinne so viel gesagt hatte. Am nächsten Abend, als die Mutter Sven nach dem Vorlesen Gute Nacht gesagt und das Zimmer verlassen hatte, schaute Sven nach oben und gleich entdeckte er Atrica genau über ihm.

„Hallo, Atrica, bist du da? Ich liege schon im Bett und sollte jetzt schlafen, aber wir können uns etwas erzählen", sagte Sven.

„Ich bin da, lieber Sven. Hattest du einen guten Tag?", antwortet Atrica.

„Na ja, liebe Atrica, war nicht so gut. In der Schule hatte unsere Lehrerin die Haushefte gestern eingesammelt und heute zurückgegeben. Ich hatte nur ein Sternchen darunter und die Lehrerin sagte, dass ein Stern bedeutet, dass ich meine Hausaufgaben noch besser machen könnte. Das hat mich ein wenig geärgert, aber eigentlich hatte sie recht, denn ich habe nicht so gut die Buchstaben und ersten Wörter geschrieben, wie ich es hätte tun können. Ich soll mir mehr Mühe geben, hat die Lehrerin dann noch gesagt." Sven seufzte tief.

„Ja, das kann schon passieren", antwortete Atrica in mildem Tonfall. „Gut, dass es bei den Spinnen keine Schule gibt."

„Da würdet ihr dann das Spinnen lernen", sagte Sven und musste dabei lachen. „Aber jetzt sind wir schon mitten im Gespräch. Was hast du denn so den ganzen Tag gemacht, liebe Atrica"?

„Ach, das ist schnell erzählt. Kaum etwas. Zuerst habe ich mein Spinnennetz ausgebessert, denn einige Fäden waren schwach geworden und die habe ich ersetzt. Ich mag überhaupt nicht, wenn es brüchig ist; denn man sollte schon immer seine Sachen in Ordnung halten.

Dann habe ich die toten gefangenen und ausgesaugten Fliegen rausgeworfen."

„Ausgesaugt? Warum denn das?" fragte Sven.

„Ganz einfach, lieber Sven. Wenn sich eine Fliege in meinem Netz verfängt, dann lebt sie noch und bevor ich etwas von ihr verzehre, muss ich sie töten. Ich ernähre mich von ihrem Saft."

„Das ist aber sehr grausam, Atrica", Sven schüttelte sich.

„Seid ihr Menschen das nicht auch? Woher kommen denn der Braten, die Wurst und das andere Fleisch? Tiere müssen dafür sterben, Schweine, Rinder, Hühner und andere. Ist das nicht auch grausam?" Atrica wartete ruhig auf seine Antwort. Und nach einer Weile entgegnete Sven:

„Ja, du hast recht, die Menschen, die Fleisch essen, sind eigentlich auch grausam, weil sie Tiere töten.

Wir sind nicht besser als die Spinnentiere."

„Recht hast du, Sven, man sollte nicht mit Steinen werfen, wenn man selbst im Glashaus sitzt, ist doch ein sehr bekanntes Sprichwort der Menschen."

„Können wir das nicht ändern, Atrica?" Sven starrte hoch zur Decke, wo Atrica immer noch ganz ruhig saß.

„Das weiß ich nicht, Sven", sagte die Winkelspinne schließlich. Vielleicht die Menschen, denn die essen Fleisch und Gemüse und Obst. Sie sterben nicht, wenn sie auf Fleisch verzichten."

Sven überlegte. Dann schloss er:

„Ihr Spinnen könnt also gar nicht anders, weil ihr Pflanzen nicht essen könnt."

„Das hast du richtig erkannt", antwortete Atrica, „wir können nicht anders, während ihr Menschen die Möglichkeit habt, von Pflanzen zu leben. Ihr braucht also keine Tiere zu töten."

Sven gähnte ausgiebig.

„Ich bin nach unserem Gespräch jetzt richtig schön müde geworden. Wir sollten morgen weiter sprechen, liebe Atrica. Gute Nacht."

„Gute Nacht, lieber Sven."

Sven drehte sich auf seine rechte Seite und schlief sofort ein.

Meine Robben

Es ist schon viele Jahre her, seit meine Frau und ich in der Zeit unseres Urlaubs Reisen unternahmen. Meistens verbrachten wir die kostbaren Urlaubstage an den Küsten Deutschlands. Mal waren wir an der Nordseeküste, auf einer der davor gelagerten Inseln, oder an der Ostsee. Dort, so hatten wir herausgefunden, fanden wir die nachhaltigste Erholung von dem Stress unserer aufreibenden Arbeit.

Wir gehörten nicht zu den Urlaubsgästen, die den gesamten Tag am Strand in der Sonne liegend ihrem innigsten Anliegen folgten: „Ihr größter Wunsch auf Erden, ist überall recht braun zu werden." Nein, das war ganz und gar nichts für uns. Wir hatten andere Vorstellungen davon, wie wir unsere viele freie Ferienzeit füllen wollten. So unternahmen wir jeden Tag, wenn das Wetter es irgendwie zuließ, weite Wanderung entlang der Strände, des Watts, durch die Dünen und kleinen Wäldchen, die wir auf den verschiedenen Urlaubsinseln fanden. Meine Frau hatte sich vor Antritt einer Reise immer gut über das Land und seine Sehenswürdigkeiten informiert, sodass wir in unserer Wahrnehmung nicht ziellos und untätig waren und nicht wussten, was wir machen sollten.

Ich weiß es nicht mehr genau in welchem Jahr es war, als wir unsere erste Begegnung mit Seehunden, den Robben, hatten. Auf einer Sandbank umgeben von Wasser lagen sie und sonnten sich. Für mich ein wunderbares Bild, die geschätzt 30 Tiere friedlich weit draußen liegen zu sehen. Wir hatten ausnahmsweise so gut wie keine Ahnung von diesen Tieren, wussten nur, dass es Raubtiere sind und überwiegend von Fischen leben. Früher, so erinnerte ich mich jetzt wieder, wurden die Tiere rücksichtslos gejagt, und schreckliche Fernsehberichte, sind mir noch im Kopf, die zeigen, wie auf Inseln vor Kanada Jungtiere von den Jägern mit Schlägen auf den Kopf betäubt wurden und man ihnen dann das weiße Fell lebend von den kleinen Körpern riss. Die vielen Kadaver ließ man verrotten. Ein Aufschrei ging damals um die Welt und nach und nach war es für die reiche Damenwelt nicht mehr vornehm und schick Pelzmäntel aus echten Pelzen von Tieren, die dazu sterben mussten, zu tragen und es kamen Kunstpelze auf. Und das geht auch! Wenn ich an die vielen getöteten Robbenbabys denke, überkommt mich jetzt noch tiefe Traurigkeit.

Zurück zu den von uns gesichteten Robben.

Ich erinnere mich, dass meine Frau und ich wieder diesen Ort aufsuchten. Ich hatte unser Fernglas dabei und voller Bewunderung beobachteten wir, abwechselnd durch unser Glas schauend, das friedliche Bild der Tiere. Wieder und wieder besuchten wir diesen Ort, wenn die Witterung es zuließ und bei ruhigem Sonnenwetter hatte ich meine Fotoausrüstung mit allen Objektiven dabei. Ich schoss ein Foto nach dem anderen, mit der Absicht, ein noch immer besseres Foto zu erhalten.

„Was willst du bloß mit den vielen Fotos machen", war eine sicherlich von Seiten meiner Frau aus berechtigten Frage. Ich wollte diese Naturwunderwelt der sich in der Sonne rekelnden Tiere nur fotografieren, daran hatte ich meine große Freude und an das Danach dachte ich nicht. Wenn ich nicht antwortete, bohrte sie nicht weiter nach.

Während eines anderen Urlaubs besuchten wir eine Seehundstation an einem anderen Ort. Wie wir von einer Mitarbeiterin der Anlage erfuhren, werden hier Seehund-Jungtiere, die ihre Mütter verloren haben, aufgenommen, medizinisch untersucht, gefüttert und nach Erlangen der erforderlichen Größe wieder ausgewildert. Wir waren angetan von dieser Maßnahme, die hauptsächlich von Ehrenamtlichen durchgeführt wird. Wir kauften ein Buch zum Thema Robben und überreichten eine Spende. Von meinen vielen Fotos habe ich eins ausgesucht, es vergrößert und als gerahmtes Wandbild in unser Wohnzimmer gehängt. Manchmal wurden wir gefragt, was es mit den Seehunden auf sich hat und wieso wir Postkarten mit ihnen verschicken? Oft ergaben sich daraus lange Gespräche.

An sich arbeiten

Seit vielen Jahren beschäftigt mich immer wieder ein Gespräch zwischen meiner damaligen Frau und einem ehemaligen Kollegen. „Was wird Ihr Mann den ganzen Tag tun, wenn er nun bald in den Ruhestand eingetreten ist?", fragte er sie. Ein Moment des Nachdenkens bei meiner Frau, dann die kurze Antwort: „Er wird an sich arbeiten", und nach einer Weile, „da hat er dann genug zu tun". Ob der Kollege geantwortet oder was er gesagt hat, daran kann ich mich nicht genau erinnern. Das ist auch, wie ich meine, ganz ohne Bedeutung. Aber der Ausdruck „an sich arbeiten" geht mir nicht mehr aus dem Kopf. Er ist zu einer Art täglicher Überlegung geworden: „An sich arbeiten!" Was hat sie damit gemeint? So wie ich meine Frau zu kennen glaube, hat sie das nicht in dem Sinne gemeint, dass ich Dinge in meiner Persönlichkeit ändern müsste, um charakterliche Defizite aufzuarbeiten.

Wir hatten all die vielen Jahre unseres gemeinsamen Lebens eine liebevolle und harmonische Ehegemeinschaft, mit der meine Frau, so mein Eindruck, rundum einverstanden war. Ich glaube, dass meine Frau diesen Satz vom an sich arbeiten müssen, mehr als Spaß gemeint hat, einfach so, wie man so unter Bekannten manchmal etwas daher sagt. Ich habe diesen Worten eine Botschaft entnommen. Eine Botschaft, die mich bewegt hat, die mich immer wieder neu zum Nachdenken bringt und bei der ich keine kurze, klare und eindeutige Antwort finde.

Was heißt Arbeiten grundsätzlich? Ich meine, dass Arbeit immer etwas verändert. Am besten ist das für mich an einem Garten zu beobachten, der im Frühjahr neu bestellt wird; oder an einem Haufen Baumaterial, aus dem durch die Arbeit der Handwerker ein Haus entsteht. Aber wie soll dieses Arbeiten an einem Menschen aussehen?

Man spricht von Erziehungsarbeit der Eltern an ihren Kindern und der Lehrer in ihren Schulklassen. Das ist auch klar. Auch ist es heute ins Bewusstsein eines modernen Menschen gedrungen, dass er bis zu seinem Lebensende ein Lernender bleiben muss, um zum Beispiel die immer schneller werdenden Veränderungen in unserem Alltag noch zu verstehen, um damit richtig umzugehen. Lernen heißt also verändern. Aber ein Mensch – schon lange im Ruhestand – soll an sich, an seiner Person, arbeiten? Wie soll oder kann ich das verstehen? Ich glaube, dass ich in den vielen Jahren meines Alleinseins Teile einer Antwort gefunden habe. Ich fordere von mir, neugierig, interessiert und aufgeschlossen zu sein. Nicht nur alleine deswegen, um mich vor Demenz zu schützen, sondern um die Veränderungen des Lebens zu verstehen, um bei den täglichen Herausforderungen möglichst richtig zu handeln.

Ein weiterer wichtiger Punkt: Meine Eltern, meine Lehrer und meine Mitmenschen haben mich geformt, haben mir etwas beigebracht. Ich habe von ihnen Kulturtechniken gelernt, wie Schreiben, Lesen, Rechnen und viele andere. Diese sind kostbar und dürfen nicht durch das Nicht-Gebrauchen verfallen und verkommen. Ich habe nach und nach begriffen, dass sie besonders in höherem Alter helfen, mit den Problemen meines Lebens wie Trauer, Einsamkeit und körperlichen Gebrechen klarzukommen. Ich weiß, wenn mir das gelingt, werde ich weitgehend meine Selbstständigkeit und Freiheit, hoffentlich bis zu meinem letzten Atemzug, erhalten können und mich weniger einsam fühlen. Ich habe auch begriffen, dass trotz aller Widrigkeiten mein Leben noch einen Sinn hat. Aber dieser Sinn muss von mir selbst gefunden werden. Und ich habe ihn gefunden: Mache die Welt besser, auch wenn es nur ein winzig kleines Stückchen ist.

So zum Beispiel, wenn ich für Gäste und für mich eine gute Mahlzeit bereite. Wenn ich einen Rosenstock durch fachgerechten Schnitt zum vollen Blühen bringe. Wenn ich mit einem bedrückten Mitmenschen ein Mut machendes Gespräch führe oder einem Bedürftigen etwas abgebe. In meinem Alter kann und darf ich freundlich sein. Ich brauche nicht mehr meinen Willen bei Untergebenen durchsetzen. Dafür bin ich dankbar. Stattdessen kann ich still zuhören und etwas erklären, wenn man mich fragt.

Ich habe nach meinem Eintritt in den Ruhestand Lehrveranstaltungen durchgeführt und Vorträge zu Themen gehalten, die von allgemeinem Interesse sind. Wo Zank und Streit ist, kann ich versuchen, das Trennende zu überwinden. Ich kann mir neues Wissen aneignen, denn dazu wurde ich ausgebildet und will mir diese Fähigkeit erhalten.

Mir ist klar geworden, dass ich keine Angst haben muss. Wenn ich vor etwas Angst habe, ist es jetzt schon da, obwohl es noch nicht da ist. Alles spielt sich im Kopf ab und wenn ich das weiß, weiß ich auch, dass es nur an mir liegt. Was soll schon mit mir geschehen? Ich stehe so ziemlich am Lebensende und Angst vor dem Tod? Doch irgendwie lächerlich; denn alles ist begrenzt und irgendwann zu Ende.

Ein nebensächliches Gespräch vor vielen Jahren, eigentlich ohne Bedeutung, hat mich verändert und mein Leben auch noch im Alter geformt. Dafür bin ich dankbar. Ich will kein gläubiger Mensch sein, sondern ein suchender und fragender. Ich glaube nur eine Sache: Am Ende ist alles gut.

Hilfe annehmen

Ich lasse mir nicht gerne helfen.

Wenn man es genau bedenkt, verhält es sich so, dass jeder Mensch die Hilfe des anderen benötigt. Wenn ich krank bin, gehe ich zum Arzt und erwarte, dass er mir hilft. Wenn ich in einen Bus einsteige, erwarte ich, dass mich der Busfahrer sicher an den Ort bringt, an den ich hin möchte. Er hilft mir also dabei, mein Ziel zu erreichen. Diese Beispiele können beliebig fortgesetzt werden.

Älter werden bedeutet, hilfsbedürftiger zu werden, so die Auffassung vieler Zeitgenossen. Aber ist das wirklich so? In bestimmten Dingen schon, leider. Bestimmte Arbeiten kann ich nicht so verrichten, weil meine Finger wegen der fortgeschrittenen Arthrose ihrer Gelenke geschwollen sind. So wie mir das Reparieren des Verschlusses meiner Armbanduhr, der nicht mehr funktioniert, nicht mehr gelingt. Vor kurzer Zeit konnte ich das noch. Will ich die Uhr sicher am Arm tragen, muss ich jetzt jemanden bitten, den Verschluss zu richten.

Aber vieles kann ich noch selbst alleine bewerkstelligen und mir dann helfen zu lassen, ohne dass das wirklich nötig wäre, was wäre das? Freiwillig werde ich meine Handlungsmöglichkeiten nicht aus der Hand geben, denn das wäre gleichzusetzen damit, meine Freiheit aufzugeben; denn Freiheit heißt handeln!

Mein Rat also an die noch nicht alten Menschen: Lasst die Alten das tun, was sie sich noch zutrauen und was sie noch leisten können. Lasst ihnen wenigstens noch diese Freiheit. Seid dankbar dafür, dass das alte Mitglied der Familie versucht, seine Selbstständigkeit zu erhalten und unterstellt ihm bitte nicht, dass er keine Hilfe annehmen kann.

Schreiben unterstützt mich

Es gibt Tage in meinem Leben, mit denen ich nichts mit mir anzufangen weiß. Lustlos stehe ich auf, wasche mich und nehme mein Frühstück ein, setze mich an meinen Computer und verliere mich mit Spielen oder Tätigkeiten, die kein Ergebnis haben und ohne Sinn sind. Alles bleibt im Hause liegen, Küche und Bad werden nicht aufgeräumt, geschweige denn das Bett gemacht oder gar herumliegende Kleidungsstücke weggeräumt. Ich habe keinen Antrieb zu irgendeiner Tätigkeit und meine Stimmung zeigt weder Leid noch Freude. In Farben ausgedrückt erscheint mir alles Grau in Grau.

Ich weiß, dass mein Zustand die üblichen Merkmale einer Depression trägt und mir ist bewusst, dass ich unbedingt etwas gegen meine gedrückte Stimmung unternehmen muss. An meinem eigenen Schopf muss ich mich selbst aus dem Sumpf der Niedergeschlagenheit herausziehen, denn diese Seelenlage muss beendet werden. Mir ist bewusst, dass ich mir nur selber helfen kann und aus meiner Erfahrung weiß ich, dass ich arbeiten muss, am besten körperlich.

Anstrengende Arbeit im Garten ist sehr hilfreich, z.B. schweres Erdreich mit dem Spaten umgraben.

Habe ich mich dazu durchgerungen, geht es mir deutlich besser. Und wenn dann noch die Sonne dazu scheint und ich auf das Geschaffte schauen kann, mit dem guten Gefühl, etwas geleistet zu haben, werde ich wieder zu einem Menschen. Ich bin in die Farbigkeit des vollen Lebens zurückgekehrt. Früher hat mir meine liebe Frau aus meinen Tiefen herausgeholfen, indem sie einfach sagte: „Komm, wir unternehmen etwas", und mich damit an die Hand nahm. Jetzt ist niemand mehr da, der mir aufhilft. Manchmal schafft es eine Freundin, mir mit etwas Geistreichem zu helfen. Ein zufälliges, möglichst tiefsinniges Gespräch ist eine gute Unterstützung oder auch eine längere Radtour.

Ich mache mir darüber Gedanken, welche Anlässe oder Grundeinstellungen mich immer wieder in diese tiefen seelischen Löcher haben fallen lassen. Ursachen kann ich nur vermuten. Vielleicht ist es eine genetisch bedingte Veranlagung zu Schwermut zu neigen, oder es sind die Kindheitserlebnisse während der Zeit, als meine Mutter mich verließ und jung gestorben ist oder die Kriegs-Erlebnisse, das Leben in den Baracken der Flüchtlingslager mit dem Wahnsinn der auf engstem Raum zusammengepferchten Menschen. Eine unbekannte Erkrankung könnte auch eine der Ursachen sein. Ich hoffe, dass ich immer wieder mit aus eigener Kraft aus diesem bedrückenden Zustand herausfinden kann. Wenn nicht, werde ich in diesem Sumpf versinken, jede Hoffnung verlierend.

Endlich kommen sie!

Ich war bereits stark in die Jahre gekommen. Altersschwäche und dadurch bedingte Schmerzen behinderten mich und die Folge waren Monotonie und sehr oft auch Langeweile. Die früher für mein Leben so wichtigen Menschen waren in kurzen Abständen gestorben und die herbstlichen kürzeren und dunkleren Tage schienen endlos und leer, nur gefüllt mit den Geistern meiner Erinnerungen verstärkten meine oft gefühlte bedrückende Einsamkeit. Doch an diesem besonderen Morgen, kaum dass die ersten Strahlen der Morgensonne mein Gesicht berührten, durchzuckte mich ein Funke der Aufregung. Heute war der Tag, an dem ich meine lange heiß ersehnten Buntbarsche aus dem Malawisee abholen konnte. Gestern hatte der Mitarbeiter der Zoohandlung angerufen und mitgeteilt, dass die Fische endlich geliefert worden waren.

Tagelang hatte ich akribisch an meinem Aquarium gearbeitet und es mit Liebe und Hingabe für die zukünftigen Bewohner vorbereitet. Kies in unterschiedlich dicker Körnung hatte ich eingebracht und Steine so aufgeschichtet, dass Hohlräume entstanden waren, in denen sich die Fische später verstecken konnten.

Vor zwei Wochen hatte ich bereits zwei braun-schwarze Kuckuckswelse eingesetzt, die ich mit staunender Aufmerksamkeit beobachtete. Fachbü-cher zu diesem Thema der Fische aus dem afrikanischen See hatte ich gelesen und Hinweise aus dem Internet zur Kenntnis genommen. Fische waren seit meiner Kindheit meine treuen Begleiter gewesen. Dazu hatte ich, wenn ich es mir leisten konnte und die Möglichkeit dazu hatte, Aquarien eingerichtet und sie mit Warmwasserfischen besetzt. Die Farbenpracht und die geheimnisvollen, stillen Bewegungen in der Unterwasserwelt hatten mich schon immer fasziniert. Mein Studium der Biologie war ein Tribut an diese Leidenschaft, doch nichts kam dem Gefühl gleich, das ich heute ver-spürte. Mühsam und langsam zog ich mich an, frühstückte und räumte meine Wohnung nur ober-flächlich auf, kontrollierte noch mal das Aquarium, ob die Temperatur von 25° stimmte und der Filter lief. Dann machte ich mich eilig auf den Weg zum Aquaristikgeschäft. Die Straße war mir vertraut, doch heute schien jeder meiner Schritte von einer neuen Energie durchdrungen zu sein.

Als ich das Geschäft endlich betrat und die kleinen, hellgelben Fische in einer großen Plastiktüte abge-packt erblickte, fühlte ich eine von mir nur noch selten empfundene Freude in meinem Inneren. Zu Hause angekommen, setzte ich die fünf Kaiserbar-sche vorsichtig in ihr neues Zuhause.

Minuten vergingen, dann Stunden, während ich beobachtete, wie die Fische das Aquarium zuerst sehr vorsichtig erkundeten. Ihre Bewegungen waren elegant, die Farben leuchtend. Die kleinen Lebewesen brachten Leben und Hoffnung in meine nur noch träge dahinfließende Welt. An diesem Tag spürte ich, dass das Leben trotz all seiner Traurigkeit und Verluste immer noch die Kraft besaß, kleine Wunder zu vollbringen.

Die Fische wurden zu meinem neuen Lichtblick, und eine Erinnerung daran, dass Freude auch in den kleinsten Dingen zu finden ist. Man muss sie nur zulassen.

Nur ein kleiner Vogel

Fast jeden Morgen kommt er zu Besuch. Ein kleiner, dicker Vogel mit einer roten Kehle, die bis zum Bauch reicht. Ist es ein sehr starkes Rot, handelt es sich um ein männliches Tier, das Weibchen zeigt eine etwas schwächere Rotfärbung. Es wird wegen dieses kleinen Unterschieds nicht neidisch sein.

Mich überkommt ein großes Gefühl des Glücks, wenn ich eines dieser possierlichen Lebewesen erblicke. Rotkehlchen sind recht zutraulich; ihre Fluchtdistanz gegenüber Menschen ist sehr gering. Bis auf wenige Schritte hüpft es an mich heran, wenn ich ruckartige Bewegungen unterlasse und mich still beobachtend verhalte. Das gefällt mir insbesondere dann, wenn ich mich an Sonntagen in meiner Küche aufhalte, leise Musik höre und vor mich hin döse, ab und zu auf den Balkon schaue, der direkt von meinem Sitzplatz aus eingesehen werden kann. Vogelfutter habe ich dort ausgelegt. Die Körner sind ein Lockmittel. Sie haben es richtig gelesen. Ich tue das, damit etwas Lebendes in meine Nähe kommt und ich mich für eine kurze Zeit nicht so einsam und alleine fühle. Oft sind es zwei gut genährte Tauben, die ich aber nicht so mag, weil sie bei der kleinsten Bewegung von mir davonfliegen, als ob sie Angst vor mir hätten. Das Futter aus der

Schale haben sie verstreut, also ohne Tischmanieren gespeist. Das Eichhörnchen, das auch manchmal zu Besuch kommt, ist da sehr viel ordentlicher, aber leider auch sehr schreckhaft. Ich habe den Eindruck, dass die kleinen Singvögel sie nicht mögen. Wahrscheinlich da sie wissen, dass Eichhörnchen üble Nesträuber sind und ihnen die Eier, oder die noch nackten, gerade geschlüpften Vogelkinder stehlen und in sich hineinschlingen.

Da ist es endlich, das pummelige Vögelchen mit der sattrot gefärbten Kehle. Lustig springt es umher und begutachtet auf dem Rand der Futterschüssel sitzend die ausgelegten Körner; es pickt mal da eins auf und dann an anderer Stelle ein anderes. Immer wieder schaut es sich um. Nach dem Sattwerden hüpft es hin und her, kommt der gläsernen Küchentür näher und entfernt sich wieder. Manchmal steht es still und ich habe den Eindruck, es schaut mich an. Mich überkommt das Gefühl, das es mir etwas mitteilen will. Ich denke nach, fühle in mich hinein und weiß plötzlich, was es gesagt hat. „Fürchte dich nicht und freue dich an der schönen Welt, von der auch du ein Teil bist."

Auch auf dem Friedhof treffe ich es auch ab und zu. Fröhlich springt es auf der schweren Grabplatte hin und her. Menschen haben mir gesagt, dass Rotkehlchen Boten aus der anderen, der besseren Welt sind. Zu mir sagt es nur einen Satz: „Sei nicht mehr traurig!"

Es ist wieder Sonntag. Es ist kalt und die hochge-drehte Heizung schafft es kaum, die Küche wohnlich warmzu machen. Eigentlich will ich etwas tun, einen Brief oder einen Text schreiben, aber nichts reißt mich zu einer der beabsichtigten Taten. Die Zeit vergeht schleppend und ich sitze, grüble und sitze. Da ist es ja wieder, das Vögelchen mit der roten Kehle. Wie immer hüpft es mal hier hin, mal dort hin, dazwischen ein ausgelegtes Samenkörnchen pickend.

Ich beobachte ganz still, habe das Radio auf kaum noch hörbar gestellt und bin total in eine neue Gegenwart geschlüpft. Es wird mir warm, obwohl ich doch nach der Gewohnheit hier leicht frieren müsste. Die Wärme wird immer angenehmer und verdrängt die Kälte aus meinem Körper und meinen Gliedern. Es wird mir leichter ums Herz und die Stimme des kleinen Vogels immer deutli-cher und klarer hörbar darin: „Ich hole dich ab und bringe dich in die bessere Welt, wo du schon lange hinwillst."

Dann wird alles hell und heller um mich und es ist mir, als ob ich durch einen Tunnel schwebe, an dessen Ende ich einen großen Garten mit vielen Blumen in allen Farben erblicke. Ich bin am Ziel meines Lebens und über alle Maßen glücklich!

Briefe

Manchmal komme ich mir wie ein Fossil vor, das schon lange aus dieser Welt verschwunden ist. Dieses Gefühl beziehe ich auf meine schon lange in dieser sich modern bezeichnende Gesellschaft überholte Eigenschaft, Briefe gerne zu schreiben und das nicht nur am Computer mit Fehler korrigierendem Schreibprogramm, sondern mit der Hand mit einem Füllfederhalter alter Art ohne Tintenpatronen.

Heute wurde mir das wieder besonders deutlich vor Augen geführt. Ich bin weg von zu Hause, hatte beim Packen meiner Schreibutensilien Tinte vergessen und versuchte, diese im Glas „Pelikan, Königsblau" zu bekommen. Erst nach mehreren Versuchen gelang es mir, das Gewünschte in einem kleinen, etwas abgelegenen Papiergeschäft zu kaufen.

Ich erinnere mich, dass ich als Jugendlicher mit dem Schreiben auf „Kriegsfuß" stand. Ich vermied die Schreiberei, weil ich in der Rechtschreibung unsicher war. Der Krieg, die Flucht und das über lange Zeit in Gefangenenlagern leben müssen, ohne Schule und ohne lernen zu können, hatten zu dieser Schreibschwäche geführt. Später dann hatte ich begriffen, wie wichtig es für eine ordentliche Entwicklung des Menschen ist, richtig schreiben und lesen zu können. Allerdings darf ihm das nicht drillmäßig beigebracht werden, denn diese immer geistlose Methode zerstört die Freude, sich durch Lesen die Welt zu erschließen und durch Schreiben Erkenntnisse festzuhalten und weiterzugeben. Wie bin ich trotz der schulischen Mängel zum Schreiben gekommen? Es geschah wie vieles Gute durch die Liebe.

1957 lernte ich meine spätere Frau kennen. Ich war damals als Soldat in der Stadt stationiert, in der meine Noch-Freundin lebte. In jeder freien Zeit trafen wir uns und wir waren glücklich. Kurze Zeit später wurde mein Bataillon an einen anderen Ort weit entfernt verlegt und es war uns kaum noch möglich, miteinander in Verbindung zu treten. Das Internet mit seinen vielen Möglichkeiten wurde erst 50 Jahre später für jedermann Realität. Ein Telefon besaßen nur wenige Familien und was blieb meiner Freundin und mir?

Wir hatten die Post und die Möglichkeit, Briefe zu schreiben.

Wir schrieben fast täglich, wenn wir die Zeit dazu hatten; Brief um Brief, um uns unsere Liebe zu versichern, um Pläne für die Zukunft zu erörtern und um das täglich Erlebte dem anderen mitzuteilen. Der Tag war gerettet, wenn ein Brief eintraf und die Stimmung war buchstäblich „im Keller" wenn die Post nichts dabeihatte. Nach und nach merkte ich, wie sich mein unbeholfenes, mühsames Schreiben besserte und zu schreiben mir ein Bedürfnis wurde.

Heute schreibe ich nicht mehr so oft, denn der Computer mit dem Internet und den E-Mails haben das herkömmliche Schreiben mit Papier und Tinte verdrängt. Hinzu kommt das Alter meiner Fingergelenke. Sie sind in den Gelenken geschädigt und schmerzen, wenn ich schreibe. Auch das Telefon, sprich Handy, haben sich in den Vordergrund gedrängt und das Briefe schreiben ins Hintertreffen gebracht.

Wenn ich schreibe, hat meist einer meiner Freunde Geburtstag. Anrufe zu diesem Ereignis bezeichne ich als Telefonterror und terrorisiere selbst nicht, denn das Geburtstagskind hat kaum die Möglichkeit, in Ruhe seinen Geburtstagskuchen im Kreise seiner Gäste zu essen, geschweige denn eine noch heiße Tasse Kaffee zu trinken. Stattdessen dringt die vorwurfsvolle, weinerliche Stimme des Gratulierenden durch den Telefonhörer: „Ich habe, den ganzen Tag versucht, dich zu erreichen, aber es ist immer besetzt oder du gehst nicht ran!" Wegen des Vorwurfs wird dann meistens der Glückwunsch vergessen und der Rest ist nur noch bla, bla, bla. Mit einem Brief zum Geburtstag wäre das nicht passiert.

In den letzten Tagen habe ich wieder Briefe geschrieben. Meine gute Freundin in Portugal, kann ich nicht erreichen, weil ich keinen Zugang zu einem Internet-Computer habe und mit einem Telefon kann ich von dort, wo ich zu Gast bin, auch nicht über Ländergrenzen hinweg telefonieren. Ein Brief ist mein letzter Ausweg, mit ihr in Austausch zu treten. Es ist wie vor 50 Jahren, als die modernen Kommunikationstechniken noch nicht erfunden waren. Ich stehe morgens früh auf, setze mich an den kleinen Schreibtisch, lege das Schreibpapier zurecht und schraube umständlich meinen alten Füller auf. Überprüfe gegen das Licht der Schreibtischlampe den Tintenstand und lege los, nachdem ich mir vorgenommen habe, mit meiner besten Handschrift zu schreiben. Meine Gedanken fließen nur so, es erleichtert mich und wenn die Seite voll ist, bin ich froh und guten Muts.

Sorgfältig lege ich den Brief zusammen und schiebe ihn in einen leuchtend farbigen Umschlag. Die Farbe muss sein, damit sie gleich weiß, von wem die Post kommt. Den Brief dann mit einer Briefmarke zu versehen, Adresse und Absender zu schreiben und ihn zur Poststelle zu geben, ist nicht weiter schwierig. Selbstlos habe ich diese Arbeit nicht auf mich genommen, denn ich hoffe auf eine Antwort als Belohnung für meinen Fleiß. Ist das beglückend, einen Brief in den Händen zu halten, früher genauso wie heute. „Ich schreibe nicht mehr", ist mir schon einige Male gesagt worden. Es wurde nie geschrieben, geht es mir durch den Kopf, denn wer das richtig getan hat, mit Herzblut und Liebe, kommt davon nicht mehr los, auch wenn er alt und klapprig ist.

Fürchte dich nicht

Der Mann liegt in einem rollbaren Krankenhausbett im Vorraum des OP-Saals. Die Falten in seinem Gesicht erzählen von seinem fortgeschrittenen Alter, aber auch von einem vielseitigen Leben. Auf dem rechten Handrücken ist der aus einem dünnen Plastikschlauch gelegte, gepflasterte Zugang zu erkennen. Weitere Betten mit und ohne Patienten befinden sich in dem etwa 40 m² großen Raum.

Von der Südseite her fällt durch die nur wenig geöffneten Jalousien in Strahlen gefiltertes Sonnenlicht in den dämmerigen Raum. Der Mann hat plötzlich den süß herben Duft von violett blauem Flieder in der Nase, obwohl der Flieder schon seit Wochen verblüht ist. Vor der gegenüberliegenden Wand steht ein Schreibtisch, darauf ein Monitor, der ein wenig fahles Licht in das bärtige Gesicht eines mit grünem Kittel gekleideten Menschen wirft. Der Patient zeigt etwas Unruhe. Ganz sachte drücken sich Gedanken in sein Bewusstsein. Die Frage: Wo bin ich hier? Galliger Geschmack in seinem Mund, der Magen leer. Es fehlt der würzige Geschmack eines guten, starken Kaffees mit Kakaozusatz und etwas Salz, wie seine Frau ihn früher immer hergerichtet hat.

Nach wenigen Sekunden dann fast ganz die volle Erinnerung an die Ereignisse der letzten Tage.

Dringende Aufnahme in das Krankenhaus auf Anraten seiner Hausärztin, weil innere Blutungen erkennbar wurden. Dann nach eingehenden und unangenehmen Untersuchungen die niederdrückende Erkenntnis, dass ein wucherndes Geschwür als Ursache für den desolaten Zustand angenommen werden muss. Eine Operation ist dringend angeraten.

Angst hatte den Mann befallen. Auch die weiteren Informationen über die Erkrankung, den Ablauf der Operation und die Belehrung durch den Anästhesisten verstärkt diese eher, als dass sie sie verringerten. Gedanken über seinen möglicherweise nahenden Tod mischen sich dazwischen und lähmen ihn. Dennoch wurde ihm nach und nach klar, dass ihn die Angst vor der Ungewissheit nicht auffressen und seine Seele zusammenquetschen durfte. Genau das half nicht weiter. Wer Angst vor dem Ende hat, ist eigentlich schon am Ende seines Lebens, obwohl er noch lebt und nichts, aber auch gar nichts entschieden ist. In der Bibel steht es auch sehr häufig "Fürchte dich nicht!" Das scheint wichtig zu sein, darüber sollte mal nachgedacht werden, grübelt er. Was soll das bedeuten?

Er hört in sich etwas von früher nachklingen, aus lange nicht mehr besuchten Gottesdiensten – wieder und wieder. Da sind die sanften Klänge des

Chorals: „Wer nur den lieben Gott lässt walten und hoffet auf ihn alle Zeit; den wird er wunderbar erhalten ..." Irgendwann erstirbt der leise Orgelton, stattdessen wird das zuvor kaum wahrnehmbare Surren und gleichmäßige Summen eines Ventilators hörbar. Und plötzlich ist das Aber seines Zweifels wieder da. Es nagt in seinem Inneren. Gibt es denn einen Gott?

Blind und bedingungslos glauben kann er es seit seiner Kindheit nicht. Wird er nach diesen Dingen gefragt, ist seine Antwort meistens und je nach Laune leider auch zynisch: „Ich habe keinen Glauben, ich habe Zweifel, ich weiß nicht, ob es einen Gott gibt." Darauf folgt die Antwort der nach seiner Meinung von Glaubenswahn befallenen Fundamentalisten: „Das steht doch alles in der Bibel, es ist Gottes Wort!" Wenn er das schon hört, muss er sich immer stark zusammenreißen, um nicht aus der Haut zu fahren und lauthals zu verkünden, dass es doch über den Texten steht, wer sie geschrieben hat: die Evangelisten, Paulus, Petrus und so weiter, nicht Gott „persönlich". Später schämte er sich dann jedes Mal dafür, so harsch mit guten, gläubigen Christen umgegangen zu sein.

Er hatte sich vor langer Zeit angewöhnt, die Tageslosungen schon vor dem Frühstück vor einer brennenden Kerze zu lesen. Auch Gottesdienste hatte er immer mehr besucht und theologische Bücher gelesen, um wenigstens etwas wissender zu werden. Man sollte schon von dem Ahnung haben, was man ablehnt, war seine Einstellung. Später sprach er dann immer ein kurzes Gebet, bat um die Gnade des Herrn. Mal so und auch mal wieder so, die totale Ablehnung.

Eine für ihn sehr wichtige Erkenntnis ist die von Diedrich Bonhoeffer: „Den Gott, den wir uns vorstellen, den gibt es nicht!" Aus. Schluss. Den gibt es nicht!

Dann das Aber, der Zweifel an diesem Gedanken. Die Erkenntnis, dass unser so menschlicher Verstand nicht ausreicht, um sich Gott überhaupt vorstellen zu können. Wir sind noch nicht mal in der Lage, das Schachspiel zu beherrschen! Ihm fällt ein, dass Paulus das für ihn sehr eingängig in einem seiner Briefe an die Hebräer, Kapitel 11 dargestellt hat, was aus seiner Sicht unter dem Begriff Glauben zu verstehen ist.

Es lässt sich wie folgt zusammenfassen: Erstens ist davon auszugehen, dass es auch noch Dinge gibt, die wir nicht kennen, und zweitens drückt Glauben aus, dass sich das für mich erfüllt, was ich erhoffe. Auch Paulus sagt in seinen Briefen nicht, dass es Gott gibt und du an ihn deswegen glauben musst. Es bleibt, was Luther gesagt haben soll: „Woran du dein Herz hängst, das ist dein Gott!" Braucht man nicht weiter zu räsonieren, weil das klar ist. Für mich gibt es Gott nur, wenn ich seine Existenz selber zulasse.

Hoffe ich jetzt mal, dass auch für mich ungläubigen Menschen Gottes Gnade zuteilwird und alles gut wird. Er schließt die Augen. Die Grübelfalte legt sich. Er ist müde davon.

Ein sanftes Gefühl von Wärme durchzieht seinen Körper. Ohne dass er es gemerkt hat, ist der Pfleger an das Bett getreten und sagt mit freundlicher Stimme: „He, junger Mann, Sie sind dran, es wird alles gut!" Dann schiebt er das OP-Bett in den hell erleuchteten Saal neben den Operationstisch unter einer großen Lampe, die heller als die Sonne scheint. Der Mann wird von vier kräftigen Armen rüber gehoben. Der voll maskierte Arzt setzt die Spritze an den Zugang und sagt lachend: „Schlafen Sie gut!" Der letzte Gedanke vor dem in das Nichts der Nacht Gleiten: „Fürchte dich nicht!"

Ein schöner Morgen

Alles war gut heute Morgen. Dieses Gefühl hatte ich schon gleich, als ich nach einer seit langem einmal wieder durchgeschlafenen Nacht die Augen aufschlug und durch die Ritzen des Rollos die Sonnenstrahlen in mein Zimmer eindringen sah. „Hallo, wach endlich auf, das ist heute dein Tag", schienen sie mir freundlich zu sagen. Das tat auch mit anderen Worten die schwarze Drossel mit dem leuchtend gelben Schnabel, die auf der Antenne hoch über dem Dachfirst saß und ihr melodienreiches Lied über Wiesen und Felder schmetterte.

Mit Schwung und Elan, wie schon lange nicht mehr, hatte ich mich von meiner schon seit Jahren durchgelegenen Matratze geschwungen und tief ein- und ausatmend stand ich sicher auf meinen Füßen und schwang meine Arme einige Male nach hinten und nach vorne. Das rot gelbe Sonnenlicht traf mein Gesicht und ließ mich blinzeln, als ich kraftvoll die Verdunkelung hochgezogen hatte. Das strahlend leuchtende Licht der vor kurzem über den fernen Horizont getretenen Sonne erfüllte meinen schlagartig hellen Schlafraum mit Leben.

Ich bin ein Frühmensch, eine Lerche, wie man auch sagt, und die Morgenstunde hat für mich Gold im

Munde. Körperpflege und Frühstück hatte ich schnell hinter mich gebracht und die Nachrichten aus dem Radio im Hintergrund meiner Küche hatten, und das ist leider sehr selten, nichts Bedrohliches und keine, allen Lebensmut im Keime erstickende Nachrichten. Während meines kleinen Frühstücks hatte ich mir überlegt, wie ich diesen Tag gestalten könnte. Gut, dass ich mich schon einige Jahre im Ruhestand befand und frei über meine Stunden verfügen kann.

Das werde ich heute Morgen machen:

Ich starte mit einer Radtour auf dem jetzt außerhalb der Ferienzeit wenig befahrenen Radwanderweg den Fluss entlang in die knapp 20 km entfernte mittelalterliche Kleinstadt. Meinen Fotoapparat würde ich mitnehmen und sicher könnte ich die schönen Momente dieses Tages in Bilder fassen. Mein Weg würde an den voll erblühten und stark duftenden Rapsfeldern vorbeiführen. Wie schön ist doch so ein warmer Sonnentag in diesem Flusstal mit den vielen in voller Blüte stehenden Rapsfeldern. Meine sechs Bienenvölker würden heute auch einen sehr schönen und erfolgreichen Tag erleben.

Mit allen ihnen zur Verfügung stehenden Sammelbienen haben sie nur ein Ziel, das nächste Rapsfeld anfliegen, weniger als 500 Meter von ihrem Standplatz entfernt und an Nektar und Pollen einsammeln, was ihnen nur möglich ist. Bei einem so gewaltigen Zustrom von Nektar und Pollen legt die Königin mehr als 2000 Eier an diesem Tag und in 21 Tagen schlüpfen dann die neuen Bienen. Jedes Bienenvolk wächst und wächst. Rund 80.000 Bienen leben in einem Volk. Ein großes Wunder ohne Ende, wenn die Sonne, wie an diesem Tag, warm strahlt.

Mit leichtem ,gleichmäßigem Rückenwind aus dem Osten kam ich schnell vorwärts und befand mich im Nu auf dem schmalen geschotterten Radweg zwischen den bis zum Horizont reichenden blühenden gelben Rapsfeldern. Da die Morgensonne die Felder mit seitlichem Licht beschien, hatte ich ideale Fotobedingungen. Da hieß es: Anhalten, Digitalkamera mit dem richtigen Objektiv versehen, in Position stellen und warten. Vielleicht konnte ich meine Bienen bei ihrer Arbeit an den gelben Blüten beobachten und dann Foto auf Foto machen, immer aus einem anderen Blickwinkel heraus. Meine Nikon hatte ich auf zeitgesteuert eingestellt und alles regelte sich ohne Aufnahmefehler selbst, wenn ich eine ausreichend kurze Belichtungszeit auswählte. Zu Hause am Computer würde ich in den nächsten Tagen Ausschnitts-Vergrößerungen anfertigen, um so die Bienen möglichst nah herauszuarbeiten. Was für ein schöner Tag! Wann war ich schon mal so glücklich wie heute, lange nicht mehr seit dem mir allen Lebensmut nehmenden Ereignis vor drei Jahren.

Ich bin dann nicht, wie ich es mir ursprünglich vorgenommen hatte, danach noch in die alte Stadt gefahren, sondern etwas zwischen den Rapsfeldern hin und her gegangen. Danach habe ich meine lieben Bienen besucht und den regen Flugbetrieb vor den Bienenbeuten beobachtet.

Hier könnte ich stundenlang stehen und zuschauen, wie sie sich aus dem Flugloch des Bienenstocks kommend in die Lüfte schwangen und in einer Richtung zu den Rapsfeldern fliegen. Im Gegenzug kehren voll beladen in gleicher Menge Bienen zurück, geben im Stock ihre süße Ladung an die Stockbienen ab, um sich erneut in die Lüfte zu erheben und ihre Sammelarbeit fortzusetzen. Ich legte meine linke Hand auf den Kasten. Zart spürte ich das Vibrieren aus dem Bienenvolk. Um mich herum das Summen der fliegenden kleinen Gottesvögel. Alles ist voller Leben. Wie lange ich hier meine Zeit verbrachte, weiß ich nicht. Ich konnte mich von dem Gefühl, die Schöpfung unmittelbar zu spüren, nicht losreißen.

Von der Vergangenheit eingeholt

Wenn ich mich frage, wer ich bin, finde ich folgende Antwort: Ich bin die Zusammenfassung all dessen, was ich in meinem bisherigen Leben erlebt habe. Vieles davon ist mit dem Älter werden nach und nach in Vergessenheit geraten, in die Tiefen des Unterbewussten versunken. Meist gute Erlebnisse sind geblieben und helfen mir immer wieder dabei, bedrückte Stimmungen aufzuhellen. Das ist beispielsweise der Fall, wenn ich daran denke, wie ich meinen Garten bearbeitet oder meine Bienenvölker durchgesehen, neue Königinnen gefunden und gezeichnet habe. Alles, was in meiner Familie geschah, war, bis auf den frühen Tod meiner Frau, gut und hebt meine Stimmung, wenn ich mich daran erinnere.

Zufällig bin ich heute im Internet auf ein Buch von Guido Knopp gestoßen, in dem die Flucht großer Teile der Bevölkerung aus den ehemaligen Ostgebieten im Herbst 1944 und im Jahr 1945 beschrieben wird. Plötzlich und ohne dass ich das erwartet hätte, bin ich in diese schreckliche Zeit zurückversetzt worden. Ich erkenne mich als 8-Jährigen im Winter 1944/45 in Lauenburg / Pommern. Große Kälte herrschte und es lag tiefer Schnee. Auf der Danziger Straße, an der wir im herrschaftlich großen Haus auf dem Gelände der Landmaschinenfabrik meines Vaters lebten, bewegten sich Tag und Nacht militärische Einheiten und Flüchtlingstrecks. Es waren viele Menschen unterwegs, heimatlos und ohne für sie erkennbare Zukunft. Die Schule fand schon lange nicht mehr statt, weil Material zum Heizen fehlte. Für mich war das nicht schlecht, denn ich hatte Zeit, mich überall herumzudrücken, mir besonders die Soldaten mit ihren Waffen und Gefechtsfahrzeugen anzuschauen. Hinter dem Fabrikgelände befand sich im Wald eine Anhöhe, von der aus sehr gut bis hin zum Schwanenteich gerodelt werden konnte. Das tat ich mit großer Hingabe bei jeder sich mir bietenden Möglichkeit.

Im Januar, Februar, März 1945 nahmen die Trecks der flüchtenden Menschen immer mehr zu. Ich kann mich nicht daran erinnern, dass ich Angst davor hatte, getötet zu werden. Dann kam die Nacht, in der sich alles änderte. Deutsche Soldaten, vor angreifenden sowjetischen Truppen aus dem Westen kommend, in Richtung Danzig ausweichend, nahmen uns, die Mutter, die Großmutter und die drei Kinder mit, auf der Ladefläche des Lastwagens, zwischen Ausrüstung und Munitionskisten sitzend. Das war am 13. März 1945 gegen zwei Uhr morgens, als wir an unserem Haus vorbeifuhren.

Die mehrere Stunden dauernde Fahrt nach Gotenhafen wurde immer wieder durch Halts unterbrochen.

Verstopfte Straßen oder Kampfhandlungen mit Beschuss über unsere Köpfe hinweg. Wir waren vor dem unmittelbaren Kriegsgeschehen gerettet, als es uns gelang, in Gotenhafen auf ein Schiff zu kommen, dass Flüchtlinge – Frauen und Kinder sowie verwundete Soldaten – nach Westen transportieren sollte. Nach mehrtägiger Seereise, oftmals von englischen Seekampfflugzeugen angegriffen, erreichten wir Kopenhagen. Hier lebten wir als Internierte in riesigen Flüchtlingslagern bis Ende November 1946. Erst jetzt gelang es uns, zurück nach Westdeutschland in die britische Besatzungszone zu kommen.

Ich glaube, dass mich das in meiner Kindheit Erlebte nicht verlassen wird. Traumatische Erlebnisse im Kindesalter, insbesondere während eines Krieges, können tiefgreifende und lang anhaltende Auswirkungen auf das spätere Leben haben.

Psychische Auswirkungen: Im Krieg traumatisierte Kinder können in ihrem späteren Leben an posttraumatischen Belastungsstörungen (PTBS), Depressionen, Angststörungen und andere psychischen Erkrankungen leiden. Das tägliche Leben kann dadurch erheblich beeinträchtigt werden. Soziale Beziehungen und das Berufsleben können gestört werden.

Physische Auswirkungen: Auch gesundheitliche Probleme können auftreten wie Herz-Kreislauf-Erkrankungen und Autoimmunerkrankungen. Der Körper speichert die Stressreaktionen, die während der traumatisierenden Erlebnisse ausgelöst wurden. Das kann langfristig unbeachtet, zu gesundheitlichen Problemen führen.

Im Alter: Im höheren Lebensalter können früher erlebte Traumata wieder aktiv werden. Das kann dazu führen, dass insbesondere ältere Menschen wieder mit Traumerinnerungen konfrontiert werden. Es können sich Symptome einer Trauma-folgestörung entwickeln. Auch Kinder traumatisierter Eltern können indirekt durch die veränderten Verhaltensweisen und emotionalen Reaktionen betroffen sein.

Eine Latrinenparole

„Hast du schon gehört …?" Und jetzt kommt's: Das Neuste, was der Zuhörer noch nicht mitgekriegt hatte.

So beginnen sehr oft Meldungen, Mitteilungen oder Gerüchte, die zuerst Spannung, Überraschung, Freude und später dann oft große Ernüchterung und Enttäuschungen zur Folge haben. Es ereignete sich in meiner Kindheit im Alter von 8 Jahren.

Kurz vor Ende des Krieges im Mai 1945 waren meine Mutter mit ihren drei Kindern von deutschen Soldaten kurz vor der Eroberung der Heimatstadt durch sowjetische Truppen gerettet und zu einem Ostseehafen in der Nähe von Danzig gebracht worden. Von dort gelang die Flucht nach Dänemark, wo wir nach dem Zusammenbruch zu vielen Tausenden deutschen Frauen mit ihren Kindern in großen Flüchtlingslagern interniert, besser eingesperrt, wurden. Dort hausten wir in engen Räumlichkeiten zusammen mit uns fremden Menschen in großen Baracken. Die knappe Ernährung war mit unserer heutigen in keiner Weise zu vergleichen.

Wie verhielten sich die Menschen in dieser ausweglosen Lage? Ich erinnere mich an Zankereien, an Klagen, an Weinen, an Schimpfen. Kaum an freundliche Gespräche oder mal an Lachen. Niemandem war wegen der prekären Lage danach zu Mute. Oft wurde gefragt, wie lange das noch alles dauern würde, oder wann es endlich nach Hause oder wenigstens zurück nach Deutschland gehen würde? Später habe ich dann erfahren, dass die letzten der rund 250.000 deutschen Flüchtlinge Anfang der 50er Jahre Dänemark verlassen durften.

Doch plötzlich änderte sich die Stimmung. Irgendjemand hatte glaubwürdig und mit Nachdruck erzählt, dass er gehört hätte, dass alle Deutschen Dänemark verlassen mussten. Schon in den nächsten Tagen sollten die ersten Transporte mit Fähren über den Großen Belt und später dann mit dem Zug durch Dänemark nach Flensburg abgehen. Wegen der Kapazitäten der Auffanglager konnten nicht alle auf einmal abtransportiert werden. Es sollte nach dem Alphabet der Anfangsbuchstaben des Familiennamens eingeteilt werden. Wie habe ich mich gefreut, weil unser Name mit D beginnt und damit ziemlich am Anfang des Alphabets steht. Die Menschen lachten und ständig erzählte man sich untereinander, wo man hin wollte, denn, das hatte sich bereits herumgesprochen, dass die Ostgebiete jenseits von Oder und Neiße nach den Beschlüssen der Alliierten zu Polen gefallen waren. Jeder hatte Verwandte in Westdeutschland und da könnte man ganz sicher erst mal hin, bis sich ein neues Zuhause endgültig finden ließ.

Nach und nach, fast unmerklich zunächst, ebbte die frohe Stimmung ab, denn es geschah nichts, absolut nichts in Sachen Heimkehr! Niemand, dessen Namen mit den Anfangsbuchstaben des Alphabets beginnt, wurde für den Heimtransport über die Lautsprecher aufgerufen, oder bekam eine andere Mitteilung. Die Lagerleitung befragt, gab keinerlei Auskünfte, nur Schulterzucken und nichts. Der Alltag kehrte langsam wieder ein. Kein Lachen, keine gute Stimmung, keine Hoffnung. Stattdessen das altbekannte Verhalten. Zank und Streit und fern von allem, was einen Menschen hätte glücklich machen können. Es wurde nicht darüber gesprochen, vielleicht aus einer Art Scham, weil man einer Latrinenparole aufgesessen war.

Zur Wirklichkeit: Vereinzelt konnten Familien nach Deutschland zurück, wenn Verwandte, vielleicht sogar der aus dem Krieg heimgekehrte Ehemann, eine von der Militärbehörde bestätigte Bescheinigung vorgelegt wurde, mit der vorhandener Wohnraum für die Familie in Deutschland bestätigt wurde.

Wir hatten Glück, denn schon Ende 1946 durften wir nach Deutschland zurück.

Ein Vermögen an Glück

Wie sehr ich über viele Jahre ein glückliches Leben hatte, weiß ich erst jetzt – viele Jahre später. Meine Frau und ich besaßen am Rande eines kleinen Dorfes im Weserbergland ein Haus mit einem großen Garten. Wiesen, Felder, Wälder und ein Fluss waren in unserer Nähe. In diesem Garten hatte ich trotz anfänglicher Proteste meiner Nachbarn mehrere Bienenvölker. In vielen Jahren habe ich mich zu einem passionierten Hobby-Imker entwickelt, dem es gelungen war, die Bienen zu verstehen und mit ihnen in richtiger und angemessener Weise umzugehen.

An den ersten warmen Tagen, manchmal schon im Februar bis zum Ende des Monats August ist es notwendig, an den Bienenstöcken zu arbeiten, um mit den entsprechenden Maßnahmen Fehlentwicklungen zu verhindern bzw. ihre Entwicklung hin zu starken und gesunden Völkern zu unterstützen. Solche Arbeiten durften nur bei warmem, sonnigem Wetter ohne starken Wind, Regen und Gewitterstimmung erfolgen.

Auch ich musste mich in einem gewissen seelischen Zustand befinden – keine schlechte Stimmung, ausgeglichener seelischer Zustand und ohne Hast und

Eile. Meine Bienen merkten das, wenn ich gegen diese Voraussetzungen verstieß und sie zeigten Unruhe und waren zum Stechen aufgelegt und taten das auch, was mir Schmerzen und für die Biene unweigerlich den Tod bedeutete. Um einen guten seelischen Zustand für die Arbeit an den Völkern zu erreichen, nahm ich mir Zeit, vermied jeden Ärger, dachte über das Leben meiner Bienen nach und was ich an ihnen zu tun gedachte.

Grundsätzlich lehnte ich einen Schutzanzug mit Haube und dicken Handschuhen ab und trug kurze Hosen und ein weißes ärmelloses T-Shirt. Ohne viel Rauch zu erzeugen schmökte ich die Imkerpfeife, denn der Rauch beruhigt die Tierchen und drängt sie etwas von mir fort. Bevor ich einen Kasten öffnete und den Deckel abhob, sagte ich den Völkern, was ich gleichtun wollte. „Das können die doch nicht verstehen", werden Sie jetzt einwenden. Ich weiß das nicht genau und tue es trotzdem. Imker aus vergangenen Zeiten sprachen mit ihren Honigbienen über ihren Kummer und ihre Sorgen. So sagten Sie ihnen auch, wenn jemand in der Familie gestorben war. Das tat ich auch und empfand dabei starken Trost.

Meine Bemühungen, die Bienenvölker in ihrer Lebensweise und ihrem Verhalten immer besser zu verstehen, hatten zur Folge, dass ich begann, mich eingehend mit der Umwelt meiner Bienen zu beschäftigen. So erkannte ich sehr schnell, welche

Einflüsse das Wettergeschehen auf die Entwicklung meiner fliegenden Völker hatte. Kälte im Winter mit langen, möglichst ununterbrochenen Frostperioden tat den Völkern gut. Offensichtlich konnten sie sich darauf einstellen und fielen in Winterruhe, mit wenig Futterverbrauch und noch weniger toten Bienen, die auf dem Boden des Bienenstocks lagen.

Eine weitere kleine Münze meines Wissens bestand für mich darin, die Pflanzen mit ihren Eigenschaften kennenzulernen, die meinen Bienen Nektar und Pollen als Lohn für die Bestäubung lieferten. Ich erkannte sehr schnell, welche tödlichen Auswirkungen es hatte, wenn vor allem die Besitzer kleiner Gärten mit Pestiziden gegen nach ihrer Meinung für ihre Pflanzen schädlichen Insekten ankämpften; sehr oft nach dem Grundsatz, viel hilft viel. Es sterben nicht nur Schadinsekten, wenn es die überhaupt gibt, sondern auch Bienen, Hummeln, Wespen, Schmetterlinge, Käfer und viele mehr, die ich nicht alle aufzählen kann. Mit dieser fatalen Verfahrensweise starben aber auch viele heimische Vögel, weil ihnen die Nahrung fehlte oder ihr Futter von den Pflanzenschutzmitteln vergiftet wurde. Was viele Anwender von Pestiziden nicht wissen, ist die Tatsache, dass Stoffe, die anderes Leben tötet, auch für den Anwender selbst nicht gut und folgenlos sein können. Krankheiten wie Allergien und Krebs mit unbekannten Ursachen können eine Folge der flächenweiten Vergiftung von Gärten und Feldern sein.

Meine Bienen brachten mich dazu, das nicht klag- und protestlos hinzunehmen. Ich begann, mich für ihr Leben einzusetzen. So hielt ich Vorträge, schrieb Artikel in Zeitungen und machte Fotoausstellungen, um den Mitbürgern die große Bedrohung nahezubringen und sie zu einem Umdenken zu bewegen. In der Schule wurde es für mich ein für fast alle Fächer durchgehendes Prinzip, den Schutz der Umwelt bzw. die Bewahrung der Schöpfung. Einem Streit um diese Problematik ging ich nicht aus dem Weg.

Mein großer Garten war überwiegend ein Nutz- garten, den ich ohne anorganische Düngestoffe und ohne Pestizide bestellte. Gegen alle Warnungen, meine Pflanzen gegen Schädlinge schützen zu müssen, hatte ich immer reiche, geradezu überreiche Ernten an Gemüse und Obst. Pflanzen benötigten Nahrung und diese erzeugte ich über meine Kompostwirtschaft. Ich sorgte dafür, dass fast alles, was im Garten gewachsen war, dem Boden in Form von Kompost zurückgegeben wurde. Meine Hühner sorgten für Mist, der aufge- löst und in geringen Mengen den Pflanzen gegeben, eine wahre Wohltat für sie war. Ebenso wirkte die Brennnesseljauche.

Meine fünf bis sechs Bienenvölker lieferten jedes Jahr mindestens um die 10 Zentner Honig, dazu in geringeren Mengen Wachs und Propolis. Ich erkannte, dass meine Völker besser überlebten, wenn ich dafür sorgte, dass sie stark waren. So vereinigte ich schwächere Völker mit starken und hatte nach Ende des Winters ganz selten mal ein gestorbenes Volk. Den Einsatz der von vielen Imkerkollegen für notwendig gehaltenen Medikamente gegen Bienenkrankheiten setzte ich nicht ein. Die Bestäubung vieler Pflanzen durch meine fliegenden Freundinnen sorgten für Unmengen Obst, das meine liebe Frau kaum verarbeiten konnte.

Durch meine Bienen habe ich sehr viel gelernt. Durch sie lernte ich, dass ich selbst ein Teil der Natur bin und alles Lebende um mich herum meine kleinen Brüder und Schwestern sind, denen ich mit Respekt und Achtung begegnen muss. Durch meine Ausstattung als Mensch mit Verstand und handwerklichen Fähigkeiten habe ich die Pflicht, ihnen zu helfen und beizustehen, wenn sie in Not geraten. Diese Hilfe für die Natur durch mich, auch wenn es nur in einem kleinen Bereich eines Gartens geschah, machte mich zu einem glücklichen Menschen. Es wurde ein immer größeres Vermögen, welches mir die wunderbaren Bienenvölker und das Drumherum schenkten. Für mich hat die Arbeit mit der Hand, das ‚einfache' Leben, einen großen Wert. Heute kauft man stattdessen im Supermarkt ein; niemand möchte mehr etwas selbst tun. Fangen wir wieder an MIT der Natur zu leben. Nehmen wir uns nur so viel wir brauchen, nicht im Übermaß, hegen und pflegen wir die Schöpfung. So wird das Leben schön – für alle.

Gedanken einer Obdachlosen

Was soll denn das, Dominosteine von einer Frau einfach so im Vorübergehen in meinen Schoß geworfen? Ging so schnell, dass sie mein "Dankeschön" wahrscheinlich gar nicht mitgekriegt hat. Naja, das Hetzen vor Weihnachten, bleibt mir erspart. Zeit habe ich, dafür kein Geld. Einen Euro hätte sie mir ruhig auch noch geben können. Ach, bin überhaupt nicht mehr dankbar. Mein Sitzkissen hält die Bodenkälte nicht mehr ab. Ne´ alte Zeitung habe ich schon untergelegt, aber die Kälte von unten bringt mich noch um. Werde eine Unterleibsgeschichte bekommen und das war´s dann, auch gut. Nichts ist gut. Ich bin ganz unten und was sollte da gut sein?

Dass der Advent angefangen haben muss, sehe ich an der Beleuchtung. Bin ganz aus der Zeit. Die Jungs von der Stadtverwaltung haben sie überall aufgehängt. Daran kann ich mich nicht erfreuen, ich weiß nur, dass es dann kälter wird und wie ich das überstehen soll? Wer kann mir das mal sagen?

Neulich war so ein aufgeblasener Heini stehengeblieben, hat mir einen Euro in den Pappbecher geworfen und mich dabei gefragt, wie ich denn hier hergekommen sei und ob ich keine Wohnung hätte.

Was ich ihm vorgelogen habe, weiß ich nicht mehr. Wollte einen auf Mitleid machen, vielleicht hätte er mir noch einen Heiermann gegeben, aber nichts, nur guten Zuspruch, dass ich man nicht die Hoffnung aufgeben solle.

Ich habe im Gefängnis gesessen, das war gut. Warm, immer zu Essen und ich durfte in der Gefängnisbücherei arbeiten. Der Gefängnisgeistliche hatte sich für mich bei der Leitung eingesetzt. Das hat mir gefallen, denn ich habe gerne Bücher um mich. Habe alle neu geordnet nach einem System, das ich selber gemacht habe. Ab und zu kamen Bücher dazu, aus Bibliotheken und von Haushaltsauflösungen. Gleich habe ich sie eingeordnet und gelesen habe ich auch. Hans Fallada hat mir gut gefallen. "Wer einmal aus dem Blechnapf frisst", oder der "Trinker" da muss ich an mich denken, denn wenn es hier so kalt ist und ich Hunger habe, würde ich wieder gerne in der Gefängnisbibliothek sitzen, schön im Warmen und wenn es dann zum Essen geht, hätte ich immer genug.

Es ist kalt, die Kälte zieht so richtig von unten hoch. Manchmal kommt die große, schlanke Verkäuferin, mit den streng nach hinten gekämmten und zu einem Knoten zusammengebundenen schwarzen Haaren aus dem Bäcker Laden und bringt mir einen großen Becher Milchkaffee mit viel Zucker und ein Körnerbrötchen mit Käse und Ei oder sehr dicken Wurstscheiben. Manchmal sagt sie auch etwas: „Stärken Sie sich mal, das brauchen sie jetzt bei der Kälte".

Die Verkäuferinnen beim Bäcker haben heute so rote Weihnachtsmützen auf dem Kopf. Nein, Weihnachten kann noch nicht sein, vielleicht Nikolaus. Wenn ich doch nur noch meine Armbanduhr hätte, die hatte eine Datumsanzeige. Ist mir irgendwann abhandengekommen, vielleicht hat sie auch jemand geklaut. Gute Menschen gibt es immer, aber die kommen nur selten in meinem Leben hier vorbei. Ich habe mich heute gleich neben das Juweliergeschäft gesetzt. Ein piekfeiner Laden, in der Auslage Uhren und Schmuck selten unter 1000. Schon mehrmals hat mich jemand aus dem Laden verscheucht und sagte dann noch von oben herab, dass ich ihm das Geschäft kaputt machen würden, weil die Kunden einen Bogen mit mir vor dem Geschäft machen würden. So einen Wichser erlebt man Gott sei Dank nur selten.

Neulich saß ich auch hier. Da kam eine Frau aus diesem Laden, so eine richtige Lady im Kamelhaarmantel, schwarze, glänzende Stiefel mit halbhohem Blockabsatz, engsitzend. Ich sehe ja die Menschen nur von unten in meiner sitzenden Haltung. Solche Stiefel hatte ich auch mal, das war, als ich noch gearbeitet habe. Diese Stiefel waren mein ganzer Stolz, so mancher Mann hat sich nach mir umgeschaut. Einer sagte mal zu mir in einem Kaffee:

„Wenn eine Frau gutes Schuhwerk, also elegante Schuhe oder Stiefel an den Füßen hat, braucht sie nicht mehr, um aufzufallen." Typisch Männer, muss eine Art Schuh- oder Stiefelfetischist gewesen sein. Diese Frau mit den eleganten schwarzen Stiefeln gab mir einen Schein, 10 EURO, sehr großzügig.

Jetzt friere ich schon wieder eine Stunde am Boden und nichts außer ein paar Cents hat sich getan. Ich bin ja selbst schuld, dass ich hier gelandet bin. Es war eine Kurzschlusshandlung, als ich meinen Freund, der bei mir eingezogen war, eins mit dem Hammer auf den Kopf gegeben habe. Er hat das Saufen angefangen, wurde von seiner Firma rausgeschmissen, als er seinen Führerschein verlor und nicht mehr die LKWs fahren durfte. Ständig kam er und wollte Geld von mir und wenn ich ihm keins geben konnte, hat er mich geschlagen, einmal so, dass ich in Behandlung musste. Ich hätte ihn anzeigen müssen, aber habe das dann doch nicht gemacht, als er sich entschuldigt hatte und mich nicht mehr verprügeln wollte.

Ich war, wie schon oft zu gutgläubig, eine Woche war kaum vergangen, da hat er wieder zugelangt. Als er am Tisch saß, habe ich von hinten mit dem Hammer zugeschlagen und das war dann das Ende. Das Gericht hat Notwehr nicht anerkannt und mich wegen Totschlages für einige Jahre ins Gefängnis gesteckt. Weil ich mich anständig geführt habe, und der Pfarrer ein gutes Wort eingelegt hatte, hat man mir einiges erlassen und ich kam vorzeitig raus. Zuerst hat ja auch alles geklappt, hatte eine Arbeit im Lager eines Discounters und eine winzig kleine Wohnung und alles war gut. Ging leider nur eine kurze Zeit gut. Einer der Mitarbeiter, war, glaube ich, eine Art Abteilungsleiter, wurde zudringlich und ging mir an die Wäsche. Ich habe mich gewehrt und ihm mein Knie in sein Heiligtum gerammt.

Dann kam mein Fehler. Ich habe mich über diesen Grabscher bei der Betriebsleitung beschwert. Man hat alles umgedreht und ich hätte dem Wichser aufgelauert, weil ich etwas von ihm wollte. Man verwarnte mich streng und was für ein Witz, ich galt als Stalkerin, die den Kollegen nachstellt. Wenn du solchen Ferkeln ausgeliefert bist, kannst du dich nicht wehren und du bist immer der Verlierer. Weil ich schon mal gesessen hätte, hat man mir auch noch vorgeworfen. Nach all dem bin ich nicht mehr zur Arbeit gegangen. Es ging dann ganz schnell, kaum Hartz IV wegen eigener Kündigung, keinen neuen Job, Mietschulden und raus auf die Straße. Meine paar Sachen hat das Sozialamt irgendwo untergestellt. Warum muss ich nur immer wieder an dieses finstere Kapitel meines Lebens denken?

Vielleicht geht es um die Frage nach der Schuld, weil ich auf der Straße sitze. Ich habe mit dem Pfarrer von der Gefängnisseelsorge über meine Tat gesprochen. Er hat geschwiegen, vielleicht, weil er nicht wusste, was er mir sagen sollte. Was sollte er auch sagen? Dass ich alles positiv sehen solle! Dass das Leben weiterginge! Oder dass Gott alles verzeihen würde! Er hat mir zugehört und das war gut, dass ich mir damals so einiges von der Seele reden konnte.

Nichts kommt in den Becher. Es ist doch bald Weihnachten und man sagt, dass bei den Menschen dann das Geld locker sitzt. Vielleicht aber nur bei denen, die in den Juwelierladen gehen, Uhren und Schmuck kaufen für ihre Lieben und dabei nicht auf den Tausender schauen. Draußen ist dann kein Euro über. Ich kann sitzen, wo ich will, es kommt nichts richtig rein und ich kann dann ohne Geld sehen, wo ich bleibe. Ich habe schon gedacht, dass Betteln streng verboten sein müsste. Durch Gesetz müssten die Verwaltungen gezwungen sein, Bettlern und Obdachlosungen Arbeit und Wohnungen zur Verfügung zu stellen. Wenn das nicht möglich ist, müsste die Gemeinden alles aus den Steuergeldern bezahlen. Aber nein, was denke ich da für einen Blödsinn, denn wäre das so, würde keiner mehr arbeiten wollen und das geht doch nicht. Ich habe mir angewöhnt, wenn ich hungrig bin und niemand mich auch nur eines Blickes würdigt, an etwas Schönes zu denken. Das hat mir mal jemand geraten:

„Denke einfach an etwas Schönes aus deinem Leben!" Da muss ich aber lange suchen in meinem Leben, um etwas Schönes zu finden. Das war schön, als ich gerade in die Schule gekommen war, meine

Mutter arbeiten musste und ich dann tagsüber nach der Schule bei Oma und Opa war. Die wohnten am Stadtrand, hatten ein kleines Häuschen mit einem Hof und Garten. Oma und Opa haben sich immer gefreut, wenn ich kam. Oma hat mir oft das gekocht, was ich so gerne mochte, Reis mit Zucker und Zimt oder Nudeln mit Tomaten-Sauce, Gehacktes war da auch drin. Davon konnte ich nie genug kriegen. Opa und Oma hatten auch Hühner und Kaninchen. Ich durfte den Hühnern die Körner bringen und abends die Eier aus dem Stall holen. Ja, Hühner sind schon toll, sie kamen immer, wenn sie mich nur sahen. Die Kaninchen habe ich auch füttern dürfen und manchmal hat Opa mir auch eins in den Arm gesetzt und ich durfte das weiche Fell streicheln. Nur wenn die Kaninchen geschlachtet werden sollten, das wollte ich nicht und ich bin dann tagelang nicht zu Oma und Opa gegangen. Opa hat mich aber immer getröstet und hat mir erklärt, warum Menschen Tiere schlachten. Das konnte ich aber nicht einsehen.

Opa hat mir oft bei den Schularbeiten geholfen. Ohne ihn hätte ich wahrscheinlich nie gelernt, wie man große Zahlen schriftlich teilt. Das könnte ich jetzt noch. Opa hat sich dann auch dafür eingesetzt, dass ich die Realschule besuchen durfte, obwohl meine Mama das nicht wollte, denn sie durfte diese Schule auch nicht besuchen, weil sie schnell Geld verdienen musste. Ich habe dann auch die Realschule geschafft und immer gute Zeugnisse gehabt.

Als mein Opa dann starb, habe ich alleine in der Schule weitergemacht. Oma ging es dann aber überhaupt nicht mehr gut, als der Opa gestorben war. Sie hat kaum noch etwas gesagt und gekocht hat sie dann auch nicht mehr. Jetzt tut es mir sehr leid, dass ich dann nicht mehr hingegangen bin. Als Oma dann starb, war niemand bei ihr. Wenn es einen Himmel gibt, werden dort Oma und Opa sein, da bin ich mir ganz sicher. Wenn ich an Oma und Opa denke, fällt mir vieles ein, was schön und gut war. Ich vergesse dann ganz schnell, dass ich hungrig, durchgefroren und müde auf der Straße sitze und es ist mir so, als ob Oma und Opa bei mir ganz in der Nähe sind.

Das wird heute nichts mehr, kaum etwas im Becher. Es ist schon dunkel geworden, ein schlechter Tag, aber ich muss mich jetzt um eine Schlafmöglichkeit kümmern. Wenn ich großes Glück habe, finde ich einen guten Platz am Stern in der U-Bahn-Station, dicht an den Rosten, wo die warme Luft ausströmt. Manchmal habe ich Pech, wenn ich etwas später komme, sind die guten Plätze alle besetzt. Heute, am Nikolaustag, Glück gehabt für diese Nacht und einen warmen Platz gefunden. Ich habe einen noch recht guten Schlafsack in meiner großen Plastiktasche und noch wenige andere nützliche Dinge. Schnell liege ich in Schlafposition, ein Stück Pappe habe ich gefunden und unter mich gelegt, dann wird es nicht ganz so kalt. Nein, mein Leben hat keinen Sinn mehr, aber was soll ich tun? Schon lange geht mir diese Frage durch den Kopf. Ich glaube, so könnte mein Abgang gelingen. Ich werde auf einen Tag mit richtigem Nachtfrost warten. Dann kommen die immer von irgendwelchen Sozialdiensten, um zu verhindern, dass wir erfrieren. Sie geben uns dann Heißes zu trinken und manchmal noch eine Decke oder einen dicken Pullover. Manchmal wollen sie uns auch mitnehmen, damit wir in einem warmen Raum übernachten können.

Wenn so eine Frostnacht kommt, werde ich mich verdünnisieren und mich in irgendeinem der Hinterhöfe verstecken. Dann werde ich meine Flasche Wodka aus der Tasche holen, diese habe ich mir mal für diesen Zweck gekauft, werde sie austrinken. Dann wird mir warm werden, ich werde einschlafen, ohne zu frieren und nicht mehr aufwachen. Ich denke mir, dass der letzte Gedanke, den ein Mensch vor seinem Tod hat, sein weiteres Leben nach dem Tod bestimmen wird. Ich werde an Oma und Opa denken, an das gute Essen, an die Kaninchen und Hühner und alles wird dann immer so sein.

Wäre das schön, ein gutes Leben!

Die verzauberte Flöte

Es ist ein kalter Winterabend, als die junge Lina durch den verschneiten Wald streift, um angeregt zu werden, etwas zu erfinden; denn das war ihr Hobby. Sie trägt eine dicke Jacke und ihre Finger fühlen sich wegen der unangenehmen winterlichen Kälte schon ganz taub an. Doch Lina hat ein Ziel:

Sie will die seltenste Blume der Welt finden – die Gänseblume, über die man im Unterricht ihrer Schule gesprochen hatte. Die Legende besagte, dass die Gänseblume magische Kräfte besitzt. Wer sie fand und anpustete, konnte die schönsten Melodien auf einer unsichtbaren Flöte spielen. Lina glaubt nicht an solche Geschichten, aber sie ist neugierig und es könnte ja doch sein. Vielleicht konnte sie die Gänseblume finden und damit berühmt werden.

Nach Stunden des Suchens entdeckt Lina eine kleine Blume, die aus dem Schnee hervorlugt. Ihre Blütenblätter sind weiß wie frisch gefallener Schnee, und sie duften nach Zimt. Lina pflückt die Blume und haucht ihr einen Kuss zu. Plötzlich hört sie Musik – eine zarte Melodie, die von der unsichtbaren Flöte gespielt wurde. Lina lacht vor Freude und beginnt, die Klänge nachzupfeifen. Die Bäume scheinen zu tanzen, und der Schnee wirbelt um sie herum. Von der unangenehmen Kälte spürt sie nichts mehr. Doch dann hört Lina ein leises Schluchzen. Sie dreht sich um und sieht eine kleine Elfe, die niedergedrückt auf einem Ast sitzt.

„Du hast meine Gänseblume gestohlen", sagt die Elfe traurig. „Sie gehört mir, du darfst sie mir nicht wegnehmen." Lina fühlt sich schuldig.

„Es tut mir leid", sagt sie. „Ich wusste nicht, dass sie dir gehört." Die Elfe lächelt.

„Du hast ein gutes Herz", sagt sie. „Ich werde dir die Gänseblume schenken, unter einer Bedingung: Du musst versprechen, nie wieder etwas aus Dingen zu erfinden, die anderen gehören." Lina nickt.

„Ich verspreche es", sagt sie. Die Elfe überreicht ihr die Blume, und Lina spürt, wie ihre Finger warm werden.

Seitdem spielt Lina jeden Tag auf ihrer unsichtbaren Flöte. Die Menschen kommen von weit her, um ihre Melodien zu hören. Doch Lina erzählt niemandem von der Elfe und der Gänseblume.

Manchmal, wenn der Schnee leise fällt und die Bäume rauschen, fühlt sie sich glücklich und erfüllt. Und so bleibt die Geschichte der verzauberten Flöte ein Geheimnis zwischen Lina und der kleinen Elfe im Wald.

Essen ist mehr, viel mehr

Für mich bedeutet Essen nicht nur Nahrungsaufnahme, um dem Körper die zum Leben notwendigen organischen und anorganischen Stoffe zuzuführen, sondern es ist viel, viel mehr. Ich kann das in meiner Lebenssituation am Beispiel von Kartoffeln verdeutlichen. Als Student hatte ich kaum Geld, um meine kleine Familie über die Runden zu bringen. Dafür hatte ich aber einen sehr großen Garten, den ich als Teil der Miete für meine schon in die Jahre gekommene Vermieterin bestellen und pflegen sollte.

Ich habe Gemüse angebaut, ohne davon praktische Ahnung zu haben. Einen großen Teil der zu bebauenden Gartenfläche war für Kartoffeln. Im Herbst grub ich den Garten, es war leichter Sandboden, grobschollig um, damit der Frost den Boden richtig gar machen konnte. Wenn vorhanden, grub ich das Gartenlaub, sonstige Gartenabfälle oder Mist unter. Diese Arbeit war endlich das Richtige für mich nach der fast nur sitzenden Tätigkeit beim Lesen und Schreiben in den Seminaren und Vorlesungen und tat dem Körper und der Seele unendlich gut. Dabei merkte ich, und das galt auch für die Zeit, als ich in die Jahre gekommen war, dass sich meine Stimmung besserte und meine Seele von Stress und

Sorgen erholte, weil ich während der rein körperlichen Arbeit nachdenken und oft zu Lösungen meiner Probleme kommen konnte.

Ich hatte Gartennachbarn. Nach deren Meinung hatte ich als Student keine Ahnung vom Garten, geschweige denn, wie man Kartoffeln anbaut, pflegt und erntet. Dass ich Biologie studierte und mich speziell mit dem Thema Erzeugung von Nahrungsmitteln beschäftigte, band ich ihnen nicht auf die Nase. Ohne Kunstdünger und ohne Pestizide habe ich nicht nur als Student, sondern immer meinen Garten bestellt. Düngen mit Kompost, vielleicht ein wenig Mist und ab und zu einen Guss mit verdünnter Brennnesseljauche war mein Rezept und mit dem spöttischen Vorwurf von dummen Bauern mit dicken Kartoffeln konnte ich besser leben, als wenn es umgekehrt gewesen wäre, also kluger Bauer mit kleinen. Auch in den Jahren nach meiner Studentenzeit habe ich immer noch einen Garten gehabt, in dem ich alles anbaute, was man zum Leben braucht und in Mitteleuropa gedeihen kann. Oft wurde mir mit leichtem Vorwurf gesagt, dass ich doch Obst und Gemüse billiger kaufen könne, denn Geld hätte ich doch wohl genug.

Das stimmt, hätte ich machen können. Aber ich hatte den großen Garten, konnte die häufig sehr schwere körperliche Arbeit schaffen, dabei fit bleiben und hatte Feldfrüchte ohne Belastung durch Pestizide zu viel anorganischen Düngestoffen.

Um bei den Kartoffeln zu bleiben, meine waren wohlschmeckend, verfaulten nicht nach kurzer Lagerzeit und konnten meinem Organismus nicht schaden, weil sie nicht pestizidbelastet waren. Es war immer etwas ganz Besonderes, wenn ich zu unserem Hochzeitstag am 22. Juli die ersten Kartoffeln von den Pflanzen einzeln holte, ganz vorsichtig aus dem Erdreich gekratzt, weil die noch im Wachstum befindlichen Pflanzen nicht gestört werden durften. Meine Frau kochte Pellkartoffeln und aus den ebenfalls gerade pflückreif gewordenen Prinzess-Bohnen, einer sehr zarten und wohlschmeckenden Buschbohne, machte sie gebündelte Bohnen, in Olivenöl geschwenkt und mit Petersilie bestreut. Und dazu gab es Rührei mit Schnittlauch von unseren eigenen Hühnern.

Als wir dann zusammen mit meiner Tochter und meinem Vater am Mittagstisch saßen, bei warmem Sommerwetter draußen unter der Pergola, meine Frau die weiße, dicke Tischkerze entzündete und ich das Tischgebet sprach, fühlte ich mich gesegnet, weil es mir geschenkt war, alle Stationen von dem Vorbereiten des Erdreichs bis zu den bereiteten Kartoffeln auf dem Teller tatkräftig erleben konnte.

Wer erlebt das heute noch?

Immer wieder Muscheln

Wenn ich weiße Muscheln sehe, sei es am Strand, gesammelt in einem Glas zu Hause von einem Urlaub mitgebracht, oder auf einem Foto, verändert das fast schlagartig meine Stimmungslage. Statt Gleichgültigkeit oder gar Missmut durchzieht Fröhlichkeit mein Inneres und ich fühle mich rundherum gut. Aus einem meiner alten Biologiebücher weiß ich, dass es sich um die Gemeine Herzmuschel Cerastoderma edule handelt, die es mir so besonders angetan hat, aber ich will hier keine biologische Abhandlung über die Kalkschalen dieser Lebewesen verfassen. Das kann Wikipedia besser. Vielmehr will ich der Frage nachgehen, warum einfache Muschelschalen sich auf meine Stimmung immer wieder so wohltuend auswirken.

Ich erinnere mich erneut. Über 80 Jahre reicht mein Gedächtnis in die Vergangenheit zurück. Wir hatten die Geißel des Krieges überlebt, befanden uns auf der Flucht und die Zukunft war so ungewiss, dass wir am Morgen nicht wussten, wo wir abends sein würden und wann es wieder etwas zu essen geben würde. Kurz bevor das alles geschah, hatte meine Mutter mit uns Kindern in einem kleinen Badeort an der Ostsee Ferien gemacht. Ich war glücklich, baute mit meinem Bruder und anderen Kindern an der Wasserkante Sandburgen, sammelte die für mich wunderschön geformten Herzmuscheln und spielte alles, was man an einem weißen Sandstrand so spielt. Ein überlagerndes Gefühl von Glück, jedenfalls habe ich so empfunden. Auch später immer wieder, als ich mich als alter Mann, der sein Leben fast ganz gelebt hatte, am Atlantik in Portugal südlich von Lissabon aufhielt und erneut die weißen Schalen der Herzmuscheln im strahlenden Sonnenlicht erblickte. Trotz schmerzendem Rücken bückte ich mich, um einige aufzuheben. Ich führte sie dicht vor meine Augen, um sie wie als Kind schon von allen Seiten zu betrachten. Ich sammelte einige auf, fand immer wieder eine, die besser aussah, als die bereits in meiner kleinen Tasche befindlichen und tauschte sie gegen eine vermeintlich schlechtere aus.

In meiner portugiesischen Unterkunft dann legte ich sie auf eine Fensterbank, mal in der Reihenfolge der Größe und dann wieder in einer anderen, vielleicht nach ihrem Helligkeitsgrad. Reiste ich dann wieder zurück in meine Heimat, packte ich sie vorher voller Sorgfalt in ein Plastikgefäß ein, mit weichem Küchenpapier gegen Bruch gesichert. Mehrmals war ich in Portugal und immer wieder tat ich das. All diese schönen Erlebnisse mit der Herzmuschel liegen inzwischen Jahrzehnte zurück, aber etwas besitze ich noch, ein kleines, gläsernes, ehemaliges Senf-Glas gefüllt mit verschiedenen mitgebrachten Muschelschalen. Ich bin dankbar, dass ich später auch noch eine andere Art aus der großen Muschelfamilie kennenlernte. Die Große Teichmuschel Anodonta cygnea, was übersetzt so viel bedeutet wie Schwanenmuschel. Große Weihermuschel wird sie auch genannt. Sie ist bei uns in Mitteleuropa heimisch. Ganz in der Nähe meines Dorfes im Weserbergland gibt eine mit Wasser gefüllte Tonkuhle, die entstand, als von einer in der Nähe gelegenen Ziegelei Ton abgebaut wurde. Hier hielt ich mich zu dieser Zeit sehr oft auf, um in heißen Sommertagen ein wohltuendes Bad zu nehmen. Ich fand dabei mit meinen Füßen auf dem weichen Bodengrund tastend die Teichmuscheln. Meine fast übersteigerte Neugier auf alles, was mit Muscheln zu tun hat, war kaum zu bezähmen, mein Forschergeist als Naturliebhaber geweckt.

Und irgendwann verwirklichte ich den Plan, ein oder zwei dieser Schalentiere in einem speziell dafür vorbereiteten, mitgebrachten Eimer mit mir zu nehmen, um sie zu beobachten und näher kennenzulernen. Endlich lebende Muscheln, denn die anderen waren ja immer nur die an den Strand gespülten Schalen bereits gestorbener Tiere. Bei meinem ersten Versuch lag die mitgebrachte Große Teichmuschel in einem ehemaligen, großen, natürlich gründlich gereinigten Farbeimer. Das Wasser aus dem Teich war kein behandeltes, totes Wasser, wie wir es aus der Wasserleitung kennen, sondern lebend grün, grau, schlammig. Bei stiller und genauer Beobachtung erkannte ich, dass sich die beiden Schalenhälften an ihrer längsten Kante geringfügig immer wieder öffnete und schloss. Die Muschel atmete, nicht Luft, sondern das Wasser, ein und aus, ein und aus … auch dieses Tier benötigte zweifellos den Sauerstoff des Wassers zum Leben.

Am folgenden Morgen führten mich meine ersten Schritte zu der Muschel im Eimer. Sofort fiel es mir auf: Das ehemals grünlich schlammige Wasser des Vortrages war kristallklar und damit ohne für meine Augen erkennbare Stoffe im Wasser. Ich hatte für mich die Fähigkeit der Muscheln erkannt, Wasser zu reinigen. Ich schloss aus meiner Erfahrung: Wo die Große Teichmuschel lebt, kann ich ruhig baden, weil das Wasser von den guten Teichmuscheln ständig gereinigt wird.

In der Natur leben die Großen Teichmuscheln in Teichen und Weihern, daher passen sie auch prima in einen ausreichend großen Gartenteich. Die beiden Schalenhälften sind dunkelbraun, beige oder grünlich. Mit den Jahren werden Schwanenmuscheln enorm groß; sie können beeindruckende 10-25 cm lang werden. Mit ihrem kurzen, aber sehr muskulösen Fuß graben sich die Teichmuscheln in den Teichschlamm am Boden, sie benutzen ihn auch zum (sehr langsamen) Kriechen. Wichtig zu wissen: Die Große Teichmuschel braucht möglichst von Schadstoffen unbelastetes Wasser, weshalb sie in der Natur auch als stark gefährdet gilt und unter Naturschutz steht.

Vor langer Zeit

An einem Winterabend, der Schneesturm fegte draußen über die Dächer, saßen wir in der großen Stube beim Abendessen. Drei unterschiedlich stark abgebrannte Kerzen erhellten den Raum, in dem die Familie am Tisch zusammengefunden hatte. Das Geschirr klapperte, während wir schweigsam unser Mahl genossen. Wir waren eine kleine Gruppe, die vor drei Jahren aus Deutschland nach Kanada ausgewandert war, um ohne Kaiser, ohne Unfreiheit und Militärdienst ein neues Leben zu beginnen. Wir wollten Demokraten werden.

Mein Mann, Johann, ein fleißiger Bauer, hatte unser Land in mühevoller Schwerstarbeit urbar gemacht, bestellte es und versorgte unsere nur noch wenigen Tiere. Ich, Anna, seine Frau, führte den Haushalt, erledigte die Gartenarbeit und fütterte das Kleinvieh, unsere Hühner, Gänse und das Schwein. Wir hatten kurz vor unserer Auswanderung noch in der alten Heimat geheiratet. Unseren Sohn Jakob hatten wir zu uns genommen, als meine Schwester starb und sich der verantwortungslose Vater davongemacht hatte. Er war ein fröhlicher Junge von fünf Jahren, der gerne spielte und lernte. Wir warteten wir auf unser zweites Kind, das jetzt jeden Tag kommen konnte.

Wir besaßen nicht viel, aber wir waren glücklich und dankbar für das, was uns der Herr in seiner Güte immer wieder gab. Mit dem kamen wir aus, auch wenn es manchmal kaum reichte. Aber es stimmte schon, was unsere Mutter in der alten Heimat manchmal gesagt hatte, wenn die Not allzu groß war: „Und wenn du glaubst, es geht nicht mehr, kommt irgendwo ein Lichtlein her". Wir bewohnten hier jetzt ein gemütliches Haus aus Holz, das Johann mit Hilfe unserer lieben Nachbarn gebaut hatte. Sie lebten nicht weit entfernt von uns und hatten uns von Beginn an freundlich aufgenommen. Sie besuchten uns oft oder halfen, wenn wir etwas brauchten. Diese lieben Nachbarn schenkten uns gleich nach unserem Start einige Obstbäume, die sie selbst gezogen und veredelt hatten. In den kommenden Jahren rechnete ich mit dem ersten Obst.

Es gab auch einen kleinen Stall, in dem unsere zwei Kühe, ein Pferd, ein Schwein und ein paar Hühner untergebracht werden konnten. Ich würde gerne Honigbienen halten, aber ich hatte noch niemanden gefunden, der mir einen Ableger überlassen würde. Den Honig könnte ich gut gegen andere Sachen von den Nachbarn eintauschen. Die nächste Stadt war etwa eine Stunde mit dem Pferdewagen entfernt, aber wir fuhren nur hin, wenn wir etwas einkaufen oder verkaufen mussten oder wenn wir zum Arzt oder zur Kirche gehen wollten.

Wir hatten gerade unser einfaches Mahl aus Brot, Käse und Gemüsesuppe beendet, als wir plötzlich ein entferntes Wolfsgeheul hörten. Wir zuckten alle zusammen und schauten uns besorgt an.

„Keine Angst, meine Lieben", sagte Johann. „Die Wölfe werden uns nichts tun, solange wir im Haus bleiben. Und unsere Tiere sind sicher im Stall." Ich hatte zwar gewusst, dass Wölfe in dieser Gegend lebten, aber noch nie hatten wir sie so nah an unserem Haus gehört oder sie gar gesehen. Ein wenig unwohl war mir schon. Also hoffte ich, dass sie nur vorbeizogen und uns in Ruhe ließen. „Ich gehe nach den Tieren im Stall sehen. Falls sie unruhig sind, werde ein wenig bei ihnen bleiben." Johann stand auf, nahm seine Laterne, zog seinen fast bis zum Boden reichenden Schafsfellmantel an und ging zur Tür. Ich wollte ihn bitten, nicht zu gehen, aber ich wusste, dass er sich um unsere Tiere kümmern musste. Er war immer so fürsorglich und verantwortungsbewusst. Ich vertraute ihm, dass er vorsichtig sein würde.

„Pass auf dich auf, Papa", sagte Jakob, der seinem Vater besorgt nachschaute.

„Das werde ich, mein Sohn", sagte Johann und lächelte. „Und du pass auf deine Mutter auf, während ich weg bin. Sie braucht dich jetzt mehr denn je." Er gab mir einen Kuss auf die Wange und sagte: „Ich liebe dich, Anna. Du bist die beste Frau, die ein Mann sich wünschen kann. Und ich kann es kaum erwarten, unser Baby in den Armen zu halten."

„Ich liebe dich auch, Johann. Du bist der beste Mann, den eine Frau sich wünschen kann. Und ich kann es kaum erwarten, dir unser Baby zu zeigen." Er öffnete die Tür und ging hinaus in die Dunkelheit.

Ich räumte den Tisch ab und wusch das Geschirr. Jakob half mir dabei und erzählte mir von seinem Tag. Er hatte mit den Kindern der Nachbarn im Schnee gespielt und ihnen von Deutschland erzählt. Einen dicken, großen Schneemann hatten sie gebaut mit einer langen roten Nase von einer Karotte, die ich den Kindern gegeben hatte. Er hatte auch ein paar Wörter in Englisch gelernt, die er mir stolz vorsagte. Er war ein kluger und neugieriger Junge, der immer etwas Neues lernen wollte und sich schnell in der neuen Welt zurechtfand. Weil wir hier noch keine Schule hatten, unterrichtete ich ihn im Lesen und Schreiben. Unsere alte Familienbibel benutzten wir als Schulbuch. Besonders gerne las Jakob mit mir die Gleichnis-Geschichten und er fragte mich, wenn er etwas nicht verstanden hatte. Ich lobte ihn für seine Fortschritte und sagte ihm, dass er ein guter Bruder für unser Baby sein würde. Er nickte und sagte, dass er sich schon sehr auf das Baby freue. Er fragte mich, ob es ein Junge oder ein Mädchen sein würde. Ich sagte ihm, dass wir das erst wissen, wenn es geboren wäre. Er meinte, dass es ihm egal sei, ob es ein Junge oder ein Mädchen sei; er würde es so oder so lieb haben. Ich lächelte und drückte ihn an mich. Er war so ein lieber und süßer Junge. Ich war so stolz auf ihn. Da spürte ich plötzlich einen stechenden Schmerz in meinem Unterbauch. Ich stöhnte und hielt mir den Leib. Jakob sah mich besorgt an und fragte:

„Was ist los, Mama?" Ich versuchte, ruhig zu bleiben.

„Es ist nichts, mein Schatz", sagte ich. „Es ist nur das Baby, das sich bemerkbar macht. Es will wohl bald herauskommen." Ich wusste, dass es die Wehen waren, die eingesetzt hatten. Ich hatte schon oft von anderen Frauen gehört, wie es sich anfühlte, wenn das Baby kommen wollte. Ich hatte auch schon einige Geburten miterlebt, als ich anderen Frauen geholfen hatte. Ich wusste, was ich tun musste, aber ich hatte auch Angst. Ich hatte gehört, dass manche Frauen oder Babys bei der Geburt starben. Ich hoffte, dass es uns nicht so ergehen würde. Ich ging ins Schlafzimmer und legte mich auf das Bett. Ich bat Jakob, dass er mir eine Decke und ein Kissen bringen solle. Er tat, was ich ihm sagte, und deckte mich zu. Er fragte mich, ob er etwas anderes für mich tun könnte. „Ja, mein Liebling", sagte ich. „Du kannst nach deinem Vater sehen und ihn fragen, ob er aus dem Stall kommen kann, weil das Baby bald kommen wird." Jakob nickte und rannte zur Tür. Er öffnete sie und schaute hinaus. Er kam zurück und sagte:

„Papa ist noch nicht da. Er ist immer noch im Stall. Ich sehe sein Licht."

„Dann geh zu ihm und sag ihm, was ich dir gesagt habe. Aber sei vorsichtig, mein Schatz. Und komm schnell wieder."

„Ja, Mama", sagte Jakob und rannte wieder zur Tür. Er öffnete sie und ging hinaus. Ich hörte, wie er den Namen seines Vaters rief. Ich blieb allein im Schlafzimmer zurück. Ich spürte, wie die Schmerzen stärker wurden und sich in immer kleiner werdenden Abständen wiederholten. Ich atmete tief ein und aus, wie ich es gelernt hatte. Ich betete zu Gott, dass er uns helfen sollte und dass Johann und Jakob bald zurückkommen. Ich betete, dass unser Baby ein gesundes und glückliches Leben haben sollte.

Mein Mann kam rechtzeitig und brachte unsere Nachbarin mit. Jetzt wurde ich ganz ruhig. Ich hörte, wie der Schneesturm draußen noch immer über die Dächer fegte. Ich hörte, wie die Wölfe heulten. Ich hörte, wie die Tiere im Stall unruhig waren. Ich hörte, wie mein Baby schrie.

Es war alles gut!

Eine freundliche Begegnung

Wenn Menschen schlafen, dann träumen sie. So wird es immer wieder behauptet. Bei mir ist das wahrscheinlich auch so, aber an Träume kann ich mich beim besten Willen nicht mehr erinnern, wenn ich erwacht bin. So auch in der letzten Nacht, aber etwas war anders. Fetzen der Erinnerung waren hängen geblieben.

Ich erinnerte mich an eine Begegnung. Bei einem Spaziergang durch Wald, Feld und Wiesen sah ich einem großen Hund, wie es mir auf den ersten Blick erschien. Wir beiden blieben in ein er größeren Entfernung voneinander stehen und verharrten eine längere Zeit ohne uns zu bewegen, uns gegenseitig beobachtend. Nach und nach wurde mir klar, dass es sich nicht um einen Hund handeln konnte, sondern es musste ein Wolf sein. Ich hatte mich länger mit Wölfen beschäftigt, ihr Aussehen, ihr Verhalten und ihre Lebensweise studiert und war nach kurzer Zeit absolut sicher, dass es sich bei meinem Gegenüber um einen jungen, etwa zwei Jahre alten Wolfsrüden handeln musste, der sich auf der Suche nach einem eigenen Revier befand. Es war ein Wanderwolf. Ich wusste, dass man bei einer solchen Begegnung nicht in Panik geraten darf. Es wird in der einschlägigen Wolfsliteratur geraten, ohne hastige Bewegungen langsam zurückzugehen; der Wolf würde das dann auch tun.

Ich weiß nicht warum, das aber wollte ich nicht tun. Vielmehr beschloss ich spontan, auf das Tier zuzugehen, weil ich neugierig war, wie es sich mir gegenüber verhalten würde. Mit ganz sachten Schritten bewegte ich mich auf den Wolf zu, das Tier immer im Auge behaltend. Als ich mich ihm um etwa fünf Meter genähert hatte, sprach ich ihn an mit den Worten, wie es Franz von Assisi der Legende nach getan haben sollte. Ich sagte langsam mit freundlicher Stimme: „Bruder Wolf", mich wiederholend, „Bruder Wolf". Nach einer Pause dann: „Es ist schön, dir zu begegnen. Habe keine Angst vor mir ich habe auch keine." Das Tier verhielt sich weiterhin still, stand unbeweglich da, ohne einen Laut von sich zu geben. Es bewegte aber seinen Kopf in einer Art Nickbewegung als wenn es meinen Worten zustimmen wollte. „Ich würde dir gerne näher kommen", sagte ich, „und wenn du nichts dagegen hast, würde ich dich auch mit meiner Hand berühren." Wieder keine Reaktion. Ich war mir aber sicher, dass der Wolf meine Absicht verstand.

Langsam ging ich weiter und dabei sprach ich mit dem Tier und sagte dem Sinne nach, wie schön es sei, ihm zu begegnen und ihn kennenzulernen. Dann stand ich unmittelbar vor Bruder Wolf und hielt ihm meine rechte Hand mit geringem Abstand vor seinen Kopf. Auch er kam mir näher. Vorsichtig stupste seine feuchte kühle Nase gegen meinen Handrücken. Nach kurzer Zeit zog der Wolf seinen ausgestreckten Hals Kopf wieder zurück. Ich bewegte meine Hand langsam und vorsichtig in Richtung seines Nackens. Der Wolf ließ das ohne jegliche Regung geschehen. Ich berührte ihn mit meinen Fingerspitzen und begann vorsichtig und langsam seinen Nacken zu kraulen. Auch das ließ er geschehen. Nach kurzer Zeit zog ich meine Hand zurück und sagte ich leise:

„Bruder Wolf, es war schön, dir begegnet zu sein und dass wir freundlich miteinander waren." Dann drehte ich mich um und ging langsamen Schrittes davon. Nach etwa zehn Schritten blieb ich stehen und schaute über meine Schulter zurück. Mein neuer Freund hatte sich ebenfalls zurückgezogen und ich konnte nichts mehr von seiner Nähe spüren. Ich nahm mir vor, morgen zur gleichen Zeit diesen Ort wieder aufzusuchen. Vielleicht hatte Bruder Wolf die gleiche Idee.

Mein Großvater war Wolfsjäger gewesen. Ich habe das Gefühl, etwas gutmachen zu wollen. Das Vertrauen zwischen Bruder Wolf und dem Menschen ist vor langer Zeit gestört worden. Es ist Zeit, dass wir einander neu begegnen, unseren Ängsten ins Gesicht schauen und mehr Verantwortung für die Schöpfung übernehmen.

Autogenes Training

„Ja", sagte der Arzt, „Sie sind viel zu nervös und werden von innerer Unruhe geplagt. Ich rate Ihnen, dass Sie mal an einem Kursus autogenes Training teilnehmen." Egon war verunsichert. Er kannte zwar "autogenes Schweißen" aber von autogenem Training hatte er noch nie gehört und seine Brigitte hatte von so Sachen auch noch nie gesprochen, obwohl sie doch ständig diese Frauenzeitschriften las und mit ihrer besten Freundin alles bequatschte. Egon verließ seinen Hausarzt, ohne nachzufragen, was "autogenes Training" denn nun sei. Einen Arzt zu fragen, das wagte er nicht, denn schließlich war das ja eine Autoritätsperson und wie würde er dastehen, unwissend und dumm. Egon tat, was ihm sein Arzt geraten hatte.

Die erste Sitzung des Kurses "Autogenes Training" fand in einem Raum der Volkshochschule statt. Allen Teilnehmerinnen und Teilnehmern waren aufgefordert worden, eine Wolldecke mitzubringen. Die Leiterin, eine Diplompsychologin, ihren Doppelnamen hatte er nicht verstanden, begann nach dem Verlesen der Teilnehmerliste mit ihren einführenden Worten und redete etwas von Tiefenentspannung. Das nahm nur wenig Zeit in Anspruch und der Kurs wurde aufgefordert, die

Decken auf dem Fußboden auszubreiten und sich ganz entspannt hinzulegen. Egon tat, was angeordnet war und dabei hatte er Schwierigkeiten, auf den Boden zu kommen, denn seine Knie wollten nicht mehr so recht, seit ihn Arthrosen quälten. Aber egal, Egon erreichte den Boden und streckte sich auf dem unbequemen Lager aus.

„Ihr rechter Arm wird schwer", hörte er die Leiterin mit leiser, nasaler Quetschstimme sprechen. „Ihr rechter Arm wird schwer." Immer wieder den gleichen Satz. In Egons Kopf geisterte der Gedanke: „Wie soll das denn gehen, das geht doch gar nicht." Dann wieder die gequetschte Stimme mehrmals wiederholend: „Ihr rechter Arm wird warm, Ihr rechter Arm wird warm ..." Glaube soll ja Berge versetzen können und vielleicht wird der rechte Arm ja wärmer, wenn man ihm das nur oft genug sagte", so Egons Gedanken. Egon hatte das Gefühl, als ob sich die einschläfernde Stimme immer weiter entfernte und er schreckte hoch, als er unsanft an der Schulter geschüttelt wurde und die Stimme sagte: „Aufwachen, hier wird nicht geschlafen!"

Groß Tuchen

Ein langes Menschenleben ist vergangen und immer wieder erinnere ich mich an den Ort, an dem ich vor über 80 Jahren als Kind wenige Tage sein durfte. Würde man mich fragen, wann und wo ich damals sehr glücklich gewesen bin, würde ich antworten, „das war in Groß Tuchen bei Tante Käte und Onkel Bruno". Wunderschöne Zeiten, die tief in meiner Erinnerung erhalten geblieben sind, durfte ich bei Tante Käte, Onkel Bruno in Großtuchen auf dem Lande im Sommer 1943 oder 1944 für einige Wochen erleben.

Groß Tuchen liegt im ehemaligen deutschen Hinterpommern in der Nähe der Kleinstadt Bütow. Nur wenige Häuser gab es, an die ich mich nicht mehr erinnere und die auch für mich bedeutungslos waren. Mittelpunkt war die Wassermühle mit Sägewerk an einem See, in dem das Wasser für das Mahl- und Sägewerk aufgestaut wurde. Dazu gehörte noch ein Flussabschnitt hinter der Mühle. Außerdem gab es einen riesigen, total verwilderten Garten. Ich erinnere mich an einen Baum, der durch einen Tisch gewachsen war. So verstand ich das damals, denn in Wirklichkeit war der Tisch um den Baum herum gezimmert worden. Auf dem Hof vor dem alten Wohnhaus aus Fachwerk stand ein Backofen, in dem Tante Käte größere Mengen Brot backte und mit der Restwärme, wenn das Brot fertig war, ein großes Blech mit Apfelkuchen. Hier durfte ich machen, was ich wollte und erlebte in meiner Kinderwelt unbeschwert Dinge, an die ich heute noch in leichter Wehmut denke.

Geradezu gefährlich war es, wenn Onkel Bruno einen Ziegenbock vor einen Handwagen spannte und ich versuchte, mit diesem Gespann zu fahren und das Gefährt zu lenken. Das gelang mir nicht, denn der Wagen kippte immer um und ich wurde aus ihm herausgeschleudert und landete auf dem Hof vor der Mühle. Alles geschah ohne Verletzungen. Erst später ist mir klar geworden, dass sich ein Ziegenbock nicht einfach so vor einen Wagen spannen lässt und wenn man es tut, sofort versucht, wieder loszukommen.

Ein unvergessenes Abenteuer begann und meine Erinnerung daran ist so gut, als wäre das alles erst gestern geschehen, als Onkel Bruno mir einen kleinen goldfarbenen Angelhaken schenkte, mit dem ich mir eine Angel baute. Ein dünner Faden Zwirn war es aus Tante Kätes Nähkasten, an den ich den Goldhaken band und aus einem Korken und Vogelfeder eine Pose befestigte, und schon war die Angel fertig. An dem Haken befestigte ich einen kleinen Regenwurm. Damit hockte ich am Rande des Teiches und wartete nicht lange, bis ich Anglerglück hatte. Tatsächlich fing ich meinen ersten Fisch, der geschätzte 10 cm lang war. Dieser Fisch hatte rote Bauch- und Rückenflossen und schon lange weiß ich, dass es sich um eine Rotfeder gehandelt hat. Onkel Bruno hat den Fisch getötet und ausgenommen. Tante Käte hat ihn mir zum Mittagessen in Butter gebraten. Wenn ich mir das überlege, war das meine erste Mahlzeit, die ich mir selbst beschafft hatte.

Onkel Bruno ging mit mir auch zum Krebse fangen. Heute sehe ich ihn noch vor mir wie damals, nur mit einer langen weißen Unterhose bekleidet in den schnell fließenden Bach steigen. Ich trug eine weiße Emaille-Schüssel und ging am Uferrand neben ihm her. Gebückt griff Onkel Bruno unter die Steine und fast jedes Mal hatte er einen Flusskrebs in der Hand, den er mir in die Blechschüssel legte. Er war fast an jedem Stein erfolgreich und nach kurzer Zeit herrschte in der Schüssel ein großes Gewusel der vielen gefangenen Krebse. „Du musst Krebse immer von hinten anfassen, damit sie mit ihren Zangen nicht an deine Finger kommen, was dann wehtun kann", schärfte Onkel Bruno mir mit seiner leisen Stimme ein. Abends stand ich staunend vor dem großen Kochtopf mit kochendem Wasser, in das Tante Käte die lebenden Krebse hineinwarf. Sie wurden dadurch feuerrot und von uns zum Abendbrot mit großem Appetit verspeist. Dass bei dieser Art der Zubereitung die Krebse grausam getötet wurden, war mir damals nicht bewusst. Ich erfuhr es damals als „normal". Als Erwachsener habe ich mich mit der Biologie der Krebse beschäftigt und viel über ihre Lebensweise gelernt. Durch das Selbstbeschaffen der Krebse wurde ich mit der Natur vertraut, mit ihrem Lebensraum. Vielleicht setze ich mich daher heute so sehr für den Erhalt der Natur ein.

Onkel Bruno zeigte mir die Mühle und das Sägewerk und es begeisterte mich, wenn er erfolgreich gegen die in der Mühle lebenden Ratten vorgegangen war. Einmal lagen sieben von ihm getötete Ratten sauber aufgereiht auf einem Getreidehaufen. Was für mich auch nicht schlecht war, war die mit weißem Mehl gefüllte Kiste, in die ich einsteigen und mich im Mehl wälzen durfte. Total weiß lief ich danach in der Gegend herum und versuchte, Leute, die mir begegneten, zu erschrecken.

Dann kam am Abend das schwere Gewitter, so schwer wie ich es später niemals mehr erlebt habe. Im Ruderboot war ich mit Tante Käte auf den See gerudert, um die Enten vom See zu scheuchen und sie in ihren Stall zu bringen. Da sah ich es, wie sich der Himmel unter der Abendsonne schnell verdunkelte, schwärzer und schwärzer wurde und es plötzlich fast Nacht war. Mit den ersten dicken Regentropfen, begleitet noch von entferntem dumpfem Grollen des noch weit entfernten Gewitters, hatten wir noch die Enten in ihren Stall gebracht und waren gerade rechtzeitig ins Haus gekommen. Wir saßen in der Küche und immer näher kam das

Gewitter. Onkel Bruno erklärte mir, dass man die Sekunden zwischen dem Blitz und dem Donner zählen müsse, um mit der Zahl der Sekunden die Schallgeschwindigkeit von 330 m/Sek. mal nimmt, um so die Entfernung des Gewitters zum eigenen Standort zu berechnen. Das taten wir dann auch, aber im Nu war das Gewitter über uns. Das elektrische Licht ging aus. Blitz und Donner ohne zeitlichen Abstand. Gewaltige Einschläge und es erschien uns, als ob das Gewitter über uns stehen geblieben war. Bis weit nach Mitternacht hielt das ungeheure Spektakel an und lange danach gab es noch Wetterleuchten mit schwächer werdendem Donnerhall.

Wenn ich an dieses Erlebnis erinnert werde, frage ich mich auch, ob ich nicht Angst gehabt habe. Angst davor, dass uns ein Blitz treffen könnte. Ehrlich, ich hatte keine Angst. Wahrscheinlich deswegen nicht, weil ich in meinem damaligen Alter die Gefahren nicht abschätzen konnte und weil ich mit Tante Käte und Onkel Bruno zusammen war. Wenige Monate später war der Krieg über das Land gegangen, ganz nach dem traurigen Kinderlied „Maikäfer flieg …". Ob es Groß Tuchen mit seiner Mühle noch gibt? Ich habe ich im Internet recherchiert. Groß Tuchen heißt jetzt auf Polnisch Tuchomie. Tante und Onkel habe ich nach Flucht und Vertreibung in einer niedersächsischen Stadt ausfindig machen können und sie mehrmals besucht.

Zwischen den Zeiten

Die Sonne stand tief am Horizont, als ich den alten Friedhof in Hinterpommern betrat. Die Gräber waren von allerlei Wildpflanzen überwuchert, und der Wind trug den Duft von Erde und Vergangenheit mit sich. Ich hatte diesen Ort seit meiner Kindheit nicht mehr besucht, und doch führte mich etwas hierher – eine unsichtbare Hand, die mich durch die Jahrzehnte zog. Ich suchte das Grab meines Großvaters. Er war ein einfacher Mann gewesen, ein Bauer, der sein Leben zwischen den Feldern und dem Stall verbracht hatte. Seine Hände waren rau und gezeichnet von harter Arbeit, aber sein Herz war warm und großzügig. Ich erinnerte mich an seine Geschichten, die er mir als Kind erzählt hatte – von den Kriegsjahren, von der Sehnsucht nach Frieden und von der Liebe zu meiner Großmutter.

Als ich das Grab fand, blieb ich einen Moment stehen. Die Inschrift auf dem verwitterten Stein war kaum noch lesbar, aber ich kannte sie auswendig. Er war im September vor 80 Jahren gestorben, und doch fühlte es sich an, als wäre er erst gestern von uns gegangen. Plötzlich spürte ich eine Hand auf meiner Schulter. Ich drehte mich um und sah in die Augen meines Großvaters. Er stand da, in alten

Kleidern, mit einem Lächeln auf den Lippen. Sein Gesicht war faltig und von der Zeit gezeichnet, aber seine Augen strahlten.

„Enkelkind", flüsterte er. „Du hast mich gefunden." Ich konnte nur stumm nicken. Die Worte blieben mir im Hals stecken. Wie war das möglich? Mein Großvater war tot – das wusste ich. Aber hier stand er vor mir, lebendig und greifbar.

Wir setzten uns auf eine alte Bank neben dem Grab. Der Wind strich durch meine Haare, und ich spürte die Kühle des Steins unter meinen Fingern. Mein Großvater erzählte mir von seinem Leben nach dem Tod – von einer Welt zwischen den Zeiten, die nur denjenigen zugänglich war, die eine besondere Verbindung zu ihrer Vergangenheit hatten.

„Es ist ein seltsames Dasein", sagte er. „Manchmal sehe ich die Menschen, die ich geliebt habe wie Schatten. Sie gehen ihren Weg, und ich kann nur zuschauen. Aber manchmal – manchmal kann ich auch etwas tun. Manchmal kann ich einen Moment verändern." Ich starrte ihn an.

„Warum bist du hier? Warum ausgerechnet jetzt?" Er lächelte.

„Weil du mich gerufen hast. Du hast mich in deinem Herzen getragen, all die Jahre. Und jetzt hast du mich gefunden." Wir sprachen über die Vergangenheit, über die Kriegsjahre und die Liebe,

die uns alle zusammengehalten hatte. Mein Großvater erzählte mir von seiner Sehnsucht nach
meiner Großmutter, die er nie vergessen hatte. Und
ich erzählte ihm von meinem Leben, von den
Höhen und Tiefen, von den Menschen, die ich
geliebt und verloren hatte. Als die Sonne unterging,
wusste ich, dass es Zeit war. Mein Großvater stand
auf und nahm meine Hand.

„Es ist Zeit für mich, zu gehen", sagte er. „Aber ich
werde immer bei dir sein. Versprich mir, dass du
deine Vergangenheit ehren wirst – die Menschen,
die du geliebt hast, die Geschichten, die du mit
ihnen erlebt hast." Ich nickte.

„Ich verspreche es." Er küsste meine Stirn. „Leb
wohl, Enkelkind." Und dann war er fort – ein Schatten zwischen den Zeiten, der sich auflöste, als
würde er vom Wind davongetragen.

Ich blieb auf der Bank sitzen und starrte auf das
Grab meines Großvaters. Die Vergangenheit und
die Gegenwart hatten sich hier berührt, und ich
wusste, dass ich nie wieder derselbe sein würde.

Was soll ich schreiben?

Wenn ich nichts weiß, woraus und wie eine Geschichte entstehen könnte, fühle ich mich nicht gut. Warum? Weil ich keine Perspektive für den Tag habe und sich nicht das gute Gefühl einstellt, etwas geleistet zu haben. „Mach mal etwas anderes", heißt es so schön, aber was kann ich noch machen in meinem altersbedingten Zustand? Lesen ist gut, aber das ist auch nur begrenzte Zeit möglich, weil irgendwann der Zeitpunkt erreicht ist, wo ich zwar noch lese, aber nicht mehr weiß, was ich gelesen habe, einfach, weil das Gehirn wegen Ermüdung abschaltet. Auch eine deftige Tasse Kaffee hilft nicht sehr viel weiter. In einem solchen Fall strecke ich mich weit auf meinem Fernsehsessel aus, decke mich zu, schließe die Augen, denke an meine liebe Frau und schlafe eine kurze Zeit. Danach, vielleicht nach 10 Minuten, fühle ich mich wie neu geboren und würde buchstäblich Bäume ausreißen, wenn ich nur noch ein wenig jünger wäre.

Ich träume dann von früher von den Arbeiten im Garten, die ich Sommer wie Winter immer gerne verrichtete, oder meine Tätigkeiten an den Bienenvölkern in vollkommener Ruhe und Gelöstheit. Wie schön war der Moment für mich, wenn ich eine neue Königin entdeckte, diese herausfangen und zeichnen konnte. Wenn diese Tätigkeiten wegen ungünstiger Witterung nicht möglich waren, ließ sich meine liebe Frau leicht zu einem Spaziergang überreden. Entsprechend angezogen und mit Regenschirm wanderten wir erzählend in Richtung Weser. Ein Fluss ist für mich immer etwas faszinierend Geheimnisvolles, mit dem dahinfließenden Wasser und den leichten, gurgelnd plätschernden Geräuschen. Ich kann über einen langen Zeitraum dem strömenden Wasser nachschauen. Glücklich war ich, wenn ich Fische in der Nähe des Ufers beobachten konnte. Manchmal unternahmen wir auch eine Radtour. Leider fuhr ich im Gegensatz zu meiner Begleitung immer sehr schnell und sie war missmutig, weil sie mit mir nicht mithalten konnte. Wir wendeten dann eine Regel konsequent an. sie fuhr vor mir und ich durfte sie nicht überholen. Dann ging es und wir erreichten unser Ziel. Wenn der Verkehr es zuließ, fuhren wir auch nebeneinander und erzählten uns etwas. Das war in den 80er und 90er Jahren noch möglich.

Eben wurde ich von einer jungen Dame angesprochen. Ob ich nicht um 16.00 Uhr in die Kapelle kommen könnte, um mitzusingen. Vielleicht sollte ich das tun und vielleicht tut mir das gut. Der Computer muss auch seinen Akku aufgeladen bekommen. Das ist ein weiterer Hinweis, dass ich zum Singen gehen sollte. Nun, ich war beim Singen, Freude hat es mir nicht groß bereitet. Warum das so war, weiß ich nicht.

Heute Morgen sprach ich wie meistens vor Arbeitsbeginn mit meiner Tochter. Dabei sagte sie einen Satz, der genau meinen Zustand oder den eines alten Menschen beschreibt: Nicht nur Blumen verwelken, sondern auch wir Menschen. Wir welken dahin wie das Gras und sterben. Ähnlich steht es auch irgendwo in der Bibel. Es ist tröstlich, weil es ohne Ausnahme ist, denn es gilt für alle Menschen bzw. alle Lebewesen. Das zu lernen und zu begreifen, ist sehr wichtig, denn es macht klar, dass es normal und so eingerichtet ist. Doch kann es sein, dass manch einem zu früh der Boden weggerissen wird?

Nun ist wieder Zeit beim Schreiben vergangen. Inhalte, die ich schriftlich darlegen konnte, ergaben sich auch, ohne dass ich groß danach suchen musste. Etwas näher bin ich mir dabei selbst gerückt und dem Leben, wie es sich mir zeigt.

Einmalige Begegnung

Es ist schon einige Jahre her und auch nichts Besonderes, dass ich dieser Frau begegnete. Trotzdem ging mir das Ganze nicht aus dem Kopf. Ich hatte mich mit einem ehemaligen Arbeitskollegen, auch wie ich bereits im Ruhestand, zum Schachspielen in einem Garten-Café verabredet. Das taten wir immer wieder mal. Wir spielten meist zwei Partien, tranken je nach Lust und Laune Bier oder Kaffee und unterhielten uns über vergangene Zeiten, als unsere Frauen noch lebten und die Kinder klein waren. Mir taten diese Treffen mit den Schachpartien immer gut, denn sonst bis auf kleine Ausnahmen war mein Leben geprägt von dem Gefühl der Einsamkeit und der Sinnlosigkeit. Kaum zu ertragen, diese Art von Depression.

Was war an diesem Tag los? Schon 10 Minuten saß ich unter der mächtigen Platane im Garten des Cafés, ohne dass mein Schachfreund sich blicken ließ, obwohl er sonst immer die Pünktlichkeit in Person ist. Die Schachfiguren waren aufgebaut, und ich grübelte über die Art der Eröffnung, denn ich spielte bei diesem Treffen weiß. Sollte ich mit Spanisch eröffnen oder mit dem sehr aggressiven Königsgambit? Ich hatte bereits meine Tasse mit dem kalt gewordenen Kaffee geleert, aber mein

Freund ließ sich nicht blicken. Da ich ein Gegner von Handys bin, hatte ich meins aus einer infantilen Trotzhaltung nicht eingesteckt, jetzt bedauerte ich das, weil ich meinen Schachfreund nicht anrufen konnte. Eine angenehm klingende weibliche Altstimme schreckte mich plötzlich aus meiner Grübelei.

„Sie warten wohl vergebens auf ihren Gegner?" Ich schaute hoch und erblickte eine etwa 50-jährige Frau. Braun gebrannt, schlank, sportlich, etwa so groß, wie meine Frau gewesen war. Die von einigen grauen Fäden durchzogenen sehr dunklen Haare bis auf die Schultern reichend, wie gerade eben frisiert. Die Fremde schaute mich lächelnd an. An ihre Sommerkleidung kann ich mich kaum noch erinnern; ich glaube, sie trug ein hellblaues längeres über die Knie reichendes Leinenkleid. Nur langsam erhob ich mich von meinem Gartenstuhl und überlegte mir dabei, was ich antworten könnte. „Ja, mein Schachfreund ist leider nicht gekommen." Nach einer kurzen Pause, ergänzte ich: „Wenn Sie Lust haben, könnten Sie doch für ihn einspringen." Für mich unerwartet, hatte ich doch schon fast mit einer Absage gerechnet, lächelte sie. „Ich habe zwar schon einige Zeit nicht mehr gespielt, aber verlernt werde ich es wohl nicht haben", sagte sie freundliche und schob mit Leichtigkeit den Stuhl zurecht. Freude durchflutete mich, eine so sympathisch wirkende Schachpartnerin hatte ich noch nie zur Gegnerin gehabt.

„Ich darf Sie einladen?", fragte ich. „Ich trinke einen Kaffee", war ihre Antwort. Ich bestellte zwei Tassen Kaffee bei der auf mein Zeichen hin herbeigeeilten Bedienung. Meine Gegnerin hatte an der Seite der schwarzen Figuren Platz genommen. Nachdem der Kaffee gebracht war, eröffnete ich mit e2 - e4. Der Zug meiner Gegnerin folgte unmittelbar danach mit e7 - e5. Nichts Besonderes, denn so wird bei vielen Eröffnungen gespielt, die Königsbauern wurden gezogen. Mein zweiter Zug folgte ebenfalls unmittelbar danach. Ich zog f2 - f4. Das war das Königsgambit, in vergangenen Zeiten viel gespielt, heute eher selten. Sie reagierte richtig und schlug mit e5 x f4. Das war die heute in der Schachwelt anerkannte richtige Antwort, das Annehmen des Königsgambits. Mein 3. Zug musste der Springer von g1 - f3 sein. Ihn nicht zu ziehen, wäre ein Fehler und könnte mich den Turm auf h1 kosten. Ein Sieg der Weißen war dann mit ziemlicher Sicherheit unwahrscheinlich.

Wie ich schnell feststellen konnte, spielte meine Gegnerin konsequent richtig und es gelang mir nicht, das Blatt zu wenden. Ich konnte nur auf ihre durchdachten Angriffe reagieren und nach 50 Zügen war sie durch Figurengewinne so stark geworden, dass Weiß keine Möglichkeit mehr hatte, zu gewinnen. Ich gab auf, legte meinen König hin und reichte ihr nach gutem Brauch bei den Schachspielern meine Hand. Auch in der zweiten Partie ging ich sang- und klanglos unter. Selten bin ich einem so brillianten Schachspieler, geschweige denn Schachspielerin begegnet. Mich bedrückt es nicht, bei einer Schachpartie besiegt zu werden. Ich bin überglücklich, wenn ich mich über einen langen Zeitraum geistig stark gefordert empfinde. Die beiden Partien hatten fast vier Stunden gedauert. Das Garten-Café hatte sich geleert und die Bedienung war auch schon mehrmals in unserer Nähe erschienen. Schließlich packten wir die Figuren in den Kasten und ich sagte zu der Unbekannten: "Endlich mal wieder seit langer Zeit so richtig hart Schach gespielt, das hat mir sehr gefallen." "Waren wirklich zwei gute Partien", war die Antwort meiner unbekannten Gegnerin. "Können wir uns nicht hier wieder mal zu einem Match treffen? Mein Vorschlag, nächste Woche zur gleichen Zeit." Die Unbekannte nickte, verabschiedete sich lächelnd mit einem Handschlag und war zwischen den Sträuchern und hinter dem dicken Stamm der Platane des Gartens verschwunden. Es war mir so, als ob ich erst jetzt aus einem Traum erwachte. War das eben Erlebte wirklich Realität?

In der kommenden Zeit ging mir diese Begegnung immer wieder durch den Kopf. In Gedanken spielte ich die Züge der Partien nach und ich wünschte mir voller Sehnsucht eine erneute Begegnung mit dieser starken Schachspielerin. Die Woche verging wie im Fluge. Pünktlich fand ich mich wieder in dem Garten-Café ein, baute die Figuren auf und wartete. Ich wartete vergebens.

Es geht kaum noch etwas

Es hat keine Anregungen zum Schreiben durch von irgendwem gestellte Aufgaben gegeben. Was soll ich jetzt machen? Ich fühle mich richtig hilflos. Das Leben ist so schön einfach, wenn einem gesagt wird, was man tun soll, wo es lang geht und wie man sich verhalten soll. Mit zunehmendem Alter bin ich in diese Verhaltensweise hineingeglitten. In einem hellen Moment ist mir das alles klar geworden. Ich stehe also nicht mehr auf eigenen Beinen, entscheide kaum noch etwas selbst und halte es für absolut in Ordnung, wenn andere über mich bestimmen. Ist das die Lebenssituation eines alten Menschen? Muss das so sein? Er verfügt doch über die Erfahrungen eines langen Lebens, besitzt damit einen Schatz, und alles, was täglich um ihn herum passiert, war so oder in ähnlicher Weise schon mal da und auf diese Erfahrung könnte man doch sich seiner sicher zurückgreifen? Ich kann mich einfach selbst nicht mehr verstehen, als mir diese Zusammenhänge durch den Kopf gehen. Ich frage mich nach den Ursachen für mein Verhalten.

Wenn ich meinen Zustand richtig betrachte, stelle ich fest, dass mir viele Dinge schwer, ja sehr schwerfallen und auch so gut wie unmöglich geworden sind. Einfache Dinge, wie das Aufstehen aus einer sitzenden Position, geht nicht mehr so einfach. Ich muss mir einen Halt suchen, um nicht zu schwanken oder sogar umzufallen. Knie, Rücken und Hände schmerzen bei diesem Vorgang, mich einfach zu erheben. Bis ich dann sicher stehe, vergeht eine längere Zeit. Bei vielen anderen sonst alltäglichen Dingen verhält es sich ähnlich: Ich bekomme kaum noch etwas einfach so geregelt. Wenn es dann etwas komplizierter wird, etwa beim Herrichten einer Mahlzeit, zeigt sich das überdeutlich. Früher ging mir das alles leicht von der Hand. Heute ist es eine mit Schmerzen belastete Tätigkeit.Und auch bei in diesem sehr einfachen Vorgang ist es schon mehrmals vorgekommen, dass ich die Herdplatte vergessen habe auszuschalten, als ich den Topf herunternahm. Ich fürchte, dass wegen meiner zunehmenden Schusseligkeit einmal die Feuerwehrleute in meiner verrauchten Küche stehen werden.

Ich weiß, dass es sich sentimental anhört, trotzdem denke ich diesen Gedanken und spreche ihn aus: Ich bin am Ende meines Lebens angekommen und es wäre eine Erlösung, wenn ich in die bessere Welt entlassen werden würde. Mir ist klar, dass ich den Sinn für mein Leben verloren habe. Ich wiederhole es in aller Deutlichkeit: Mein Leben hat für mich keinen Sinn mehr. Das ist eine harte Erkenntnis, denn ohne Sinn ist das Leben sinnlos. Wer so denkt, das wird mir auch klar, ist wirklich am Ende angekommen.

Ein altes Foto

Überall werden Bücher angeboten. Meistens sind sie alt, sehen aber noch neu aus, weil sie überhaupt nicht oder höchstens einmal gelesen wurden. Solche Bücher liegen sehr oft in Großstädten in mit Telefonzellen vergleichbaren großen Schränken, in die man durch Glastüren hineinschauen kann, um sich Bücher auswählen zu können. Das tue ich immer, wenn ich an einem solchen Bücherschrank vorbeikomme. Meistens finde ich ein oder zwei Bücher, die mich interessieren und ich stecke sie in meine Tasche.

Zu Hause werfe ich einen ersten Blick in die Errungenschaften, lese Titel, den Namen des Schriftstellers und das Erscheinungsjahr und blättere den neu erlangten Besitz durch. Heute kam ich nicht zum punktuellen Lesen, denn in dem ersten Buch fand ich ein altes Foto. Dieses Foto nahm mich sofort voll und ganz in Beschlag. Eine Faszination ergriff mich. Zu sehen war auf dem leicht bräunlich vergilbten und zerknitterten Bild eine junge Frau mit einem kleinen Kind an der linken Hand. Wahrscheinlich eine Mutter mit ihrem vielleicht zwei- bis dreijährigen Mädchen während eines Spaziergangs in einem Park im Winter, denn dunkle Wolken sorgten für eine düstere Stimmung des alten, an einigen

Stellen beschädigten Fotos. Die Mutter, in einem dunkelgrauen langen Wintermantel gehüllt, schaute lächelnd auf das in ein weißes Mäntelchen mit über den Kopf gezogenen Kapuze gekleidete Mädchen herab. Dieses hatte es offensichtlich schwer, einen Fuß an den anderen zu setzen, leicht torkelnd muss der Gang des Kindes gewesen sein. Doch an der Hand der Mutter bewahrte das kleine Mädchen vor einem schmerzhaften Sturz auf den leicht verschlammten Boden. Dieses alte, nicht mehr beachtete und in einem Buch vergessene Foto, machte auf mich einen großen Eindruck. Ich erkannte, die Abhängigkeit der Menschen voneinander.

Jeder Mensch braucht die Hand des Mitmenschen, nicht nur das kleine, unselbstständige Kind. Erst durch die Hilfe anderer Menschen können wir uns zu vollwertigen Individuen entwickeln. Mir wurde ebenfalls bewusst, dass ich selbst durch die Folgen des Krieges meine Mutter als dreijähriges Kind verloren hatte. Würde sie länger gelebt haben, wäre ich vielleicht ein besserer Mensch geworden. Aber letztendlich kann man das nicht so einfach sagen, denn andere Menschen sind an die Stelle meiner Mutter getreten. Sie haben ihre Aufgaben mir gegenüber übernommen.

Ein guter Freund

Dunkle Wolken, keine Sonne, dazu an und wann Regen und immer Kälte. Alles passte zu diesem Karfreitag. Die Einsamkeit drückte mich und ich wusste, leider wie sehr oft nichts mit mir anzufangen. Trübe saß ich da, fror, grübelte über den Tod und wollte in der besseren Welt sein. Da klingelte das Telefon. Es dauerte eine Weile, bis der Signalton zu mir durchdrang. „Greif endlich zum Telefon, raff dich auf und melde dich", sagte ich mir.

Am Apparat war die Frau eines alten Kameraden, den ich unmittelbar nach dem Beginn der großen Sturmflutkatastrophe 1962 an der Nordseeküste kennenlernte. Ich muss mit dieser Geschichte etwas weiter ausholen. Als Leutnant in einem Luftwaffen-Bataillon war ich an dem Wochenende als Offizier vom Dienst (O.v.D.) eingesetzt, also verantwortlich für die gesamte Kasernenanlage einschließlich der sich in Bereitschaft befindenden Soldaten gewesen. An einem Abend erhielt ich einen Anruf meines Bataillonskommandeurs, mit dem Befehl, mich umgehend bei ihm zu melden. So schnell wie möglich sollte ich mich mit den in Bereitschaft stehenden Soldaten und entsprechendem Material an den Deich bei Schillig Hörn begeben. Es galt, einen Deichbruch wegen der herrschenden Sturmflut zu verhindern. Wir schafften es. Es gelang mir, den Befehl schnell auszuführen und nach fast einer Stunde arbeitete ich mit fast 50 Soldaten am Deich. Gegen Mittag des nächsten Tages wurde mein Kommando abgelöst. Eine andere Gruppe Soldaten erschien, geführt von einem anderen Leutnant, der sich mir persönlich vorstellte.

Vielleicht waren es diese nicht alltäglichen, ganz besonderen Umstände, die eine besonders enge Bindung zwischen uns entstehen ließen. Das alles ereignete sich vor nunmehr mehr als 63 Jahren! Nach den mehrwöchigen Arbeiten am Deich und dem dann folgenden normalen Dienst in unserer Raketeneinheit bauten wir in Flugabwehrsystem auf. Nicht nach dem Prinzip „Befehl und Gehorsam", bei dem der Dienstälteste gegenüber dem Dienstjüngeren Vorgesetzter ist und Befehle erteilt, sondern nach dem Prinzip des sich miteinander Besprechens und der Verteilung der Aufgaben. Der Lieutnant wirkte auf die Soldaten nicht trennend, sondern verbindend. Unsere Einheiten befanden sich im Aufbau und es fehlte an vielem. Nicht nur an Ausrüstung, sondern auch an Offizieren. So fragten wir nicht nach Feierabend, sondern taten das, was gemacht werden musste, manchmal bis zum Umfallen. Damals litt ich sehr darunter, dass ich über eine schlechte Schulbildung verfügte, weil ich durch Krieg, Flucht aus dem Osten und längere Internierung in Flüchtlingslagern in Dänemark, so gut wie keine Grundschule besucht hatte. Lesen hatte ich mir selbst beibringen können, aber mein Schreiben war eine Katastrophe. Der Lieutnant hat mir geholfen, indem er ohne sich über meine Schwächen lustig zu machen, von mir verfasste dienstliche Texte korrigierte und damit in ein annehmbares Deutsch brachte.

Als unsere Raketeneinheiten in den 60er-Jahren mit Nuklearsprengköpfen aufgerüstet werden sollten, begann ich, an der Richtigkeit dieser Strategie zu zweifeln und sprach darüber auch mit meinen Offizierskameraden. Kaum jemand wollte mich verstehen, man begegnete mir stattdessen mit großem Misstrauen und bezeichnete mich als Kommunisten. Ich war also, wie man so sagt, unten durch. Mit meinem Freund konnte ich darüber sprechen, er verurteilte mich nicht und ich entschloss mich, meine sichere Existenz aufzugeben und aus der Bundeswehr auszuscheiden. Ich hatte das Vertrauen in meinen Soldatenberuf verloren; ich war nicht mehr davon überzeugt, das Richtige zu tun. Nach vielem Hin und Her habe ich diesen Schritt vollzogen und begann nach bestandener Immaturenprüfung an der nächsten UNI mit dem Studium. Zu fast allen Kameraden brach die Verbindung ab, die zu dem Lieutnant nicht. Er hat dann geheiratet und meine Frau und ich lernten seine Frau kennen und schätzen. Immer wieder besuchten wir uns in den vielen Jahren unseres Lebens. Und jetzt der Anruf an diesem Karfreitag. Man wisse nicht, wie lange mein Freund noch bei uns sein würde.

Wie sollte ich damit fertig werden? Wem konnte ich davon erzählen? Ich setze mich in meinem Sessel zurück. Diese Nachricht berührte mich viel mehr als nur in nichtssagenden Plattheiten ausgedrückt: „Das tut mir Leid", oder: „Er hat ein hohes Alter erreicht" oder: „Jeder muss mal sterben, das ist so eingerichtet!" Bei der Nachricht über das Lebensende meines Freundes konnte ich lange nichts sagen. Es hatte mich sprachlos gemacht. Stattdessen dachte ich über ihn nach.

Oft war ich enttäuscht worden, wenn ich mich auf Freundschaften eingelassen habe, weil ich falsche, das heißt zu hohe Erwartungen hatte. In diesem Sinne hatte ich eigentlich in meinem Leben keine Freunde, höchstens kannte ich Menschen, denen ich manchmal vertraute und nicht von ihnen enttäuscht wurde. Mit diesem ehemaligen Lieutnant war es anders. Wir verstanden uns vom ersten Moment unserer Begegnung an. Wenige Monate später ist er verstorben. Jetzt empfinde ich wie ein Mensch, der etwas sehr Wertvolles verloren hat.

Airport Lissabon

Das Flugzeug war pünktlich gelandet. Ohne lästige Pass- und Gepäckkontrolle stiegen die Passagiere aus, fanden ihre Koffer und Taschen auf dem rund laufenden Fließband. Sie strebten den Ausgängen zu und schlossen ihre Verwandten oder Freunde in die Arme. Nach und nach leerte sich die Flughalle und nur wenige Reisende standen unschlüssig in der großen Ankunftshalle und schienen nicht so recht zu wissen, wie es denn nun weitergehen könnte.

Der ältere, große Mann war einer der letzten gewesen, der seinen Koffer auf dem Gepäckband gefunden hatte und verstohlen schaute er sich nach ihr um. Verabredet war, dass Rosi kommen würde, um ihn zu sich in ihr Haus zu holen. Den Anflug von Angst, dass etwas passiert sein könnte oder dass sie es sich nochmal überlegt haben könnte, verwarf er ganz schnell. Nein, ihr wird nichts passiert sein. Und ihn einfach so stehen lassen? Das würde sie auch nicht tun. So gut glaubte er sie bereits zu kennen. Ruhig bleiben und ohne Angst warten, ging es ihm durch den Kopf. Gelassen und voller Zuversicht setzte er sich auf einen der im Boden verankerten, mit Drahtgeflecht bespannten Sessel.

Jetzt war er also in Lissabon. Das hätte er sich vor wenigen Wochen nicht träumen lassen. In seinem Alter sich in ein Flugzeug zu setzen, sein kleines Dorf mit der gewohnten Umgebung zu verlassen und in ein fernes Land zu fliegen, von dem er kein einziges Wort der Sprache verstand, unmöglich – das hätte er sich nicht mehr zugetraut. Aber warum eigentlich nicht? Es ging doch. Einfach machen, auch wenn man in die Jahre gekommen ist.

Über seinen Computer hatte er die Frau kennengelernt. Sie hatten miteinander stundenlang gechattet und dabei aus ihrem Leben erzählt und Ansichten ausgetauscht. Dann schrieben sie sich E-Mails und lernten sich auf diesem Wege nach und nach noch besser kennen. Sie lebte schon seit Eintritt in ihren Ruhestand in Portugal alleine, nachdem sie sich von ihrem Mann getrennt hatte. Sie hatten Stunden vor ihren Computern verbracht, gerade nachts, wenn er nicht schlafen konnte, hatten viel miteinander gelacht, tiefsinnige Gespräche über Gott und die Welt geführt. Wie sie wiederholt sagte, hätte sie nicht gedacht, nochmal in ihrem Leben einem Mann zu begegnen, der ihr so viel bedeuten würde. Und auch er wollte sich nach dem Tod seiner Frau und zwei Enttäuschungen eigentlich nicht mehr auf eine Beziehung einlassen. Lieber alleine und einsam bis zum Ende leben, als vergebliche Versuche, einen vertrauenswürdigen Partner zu finden! Er lachte still in sich hinein, als ihm durch den Kopf ging, was sie bewirkt hatte. Seine ehernen Grundsätze „niemals mehr" waren null und nichtig geworden. „Why not? Etwas Besseres als den Tod findest du überall", hatte er sich wie die Stadtmusikanten aus Bremen gesagt und den Flug nach Portugal gewagt.

In seiner Ehe hatte er ein wunderbares Leben mit seiner Frau. Warum sollte das nach ihrem Tod nicht wieder möglich sein? So wie es Fehlschläge gibt, gibt es auch Erfolge und als er seine Bekannte jetzt lächelnd in der Flughalle auf sich zukommen sah, war er sehr glücklich, dieses Wagnis Lissabon eingegangen zu sein. Er begriff, dass unbegründete Zweifel in eine Richtung auch Sicherheit schaffen.

Ankommen

Dass ich das nochmal schaffen würde, hätte ich nicht gedacht. Aber es ist mir gelungen, endlich anzukommen. Wie oft hatte ich mich Tagträumen hingegeben und jetzt waren sie Wirklichkeit geworden. Ich stehe an der Küste von Portugal, irgendwo südlich von Lissabon und schaue auf den weiten Atlantik. Das Wasser glitzert in vollem Sonnenschein, nur ganz leichte Wellen spülen mit schwach platschendem, beruhigendem Geräusch an den Strand und laufen dort aus. Ein schwacher Wind, kaum wahrnehmbar, weht von Südwest und trägt den Duft von Wasser, Strand, Muscheln und Seetang in meine Nase. Ich kann tief durchatmen und mir geht durch den Kopf, wie viele Jahre ich das Meer nicht mehr gesehen und gerochen habe. Eine Gruppe von Heringsmöwen steht fast regungslos am Wasserrand, alle mit den Köpfen zur Windrichtung gedreht. Kommt ein Fischerboot vorbei, erheben sie sich wild kreischend, wahrscheinlich in der Hoffnung, dass etwas für sie über Bord geworfen wird. Was mag dem struppigen, ungepflegten Hund durch den Kopf gehen, der von links nach rechts am Wasserrand entlangläuft? Wahrscheinlich hat er kein Zuhause, lebt frei und ernährt sich von dem, was erfindet. Ein Preis der Freiheit.

Ich schließe die Augen und ich denke darüber nach, dass ich auf der anderen Seite des Atlantiks die Freiheitsstatue sehen kann. Ich verscheuche diesen Traum und mache mich auf zu einem Strandspaziergang. Ich versuche dort zu gehen, wo der feuchte Sand ohne Fußspuren ist und sage mir, dass ich der erste Mensch bin, der an dieser Stelle den unschuldigen Boden berührt.

Ich halte Ausschau nach Muscheln und freue mich, wenn ich eine unbeschädigte finde. Sogar eine Kalkplatte vom Tintenfisch fällt mir ins Auge. Das wäre ein gutes Mitbringsel für den Wellensittich, den meine Tochter vor vielen Jahren gepflegt hat und der daran seinen Schnabel wetzte, denke ich. Ich sollte Schuhe und Strümpfe ausziehen und wenigstens mit den Füßen ins kalte Wasser gehen. Das wäre erfrischend und würde meinen müden Fußgelenken und Beinen guttun. Aber gehört sich das für einen alten Mann?

Vielleicht das nächste Mal.

Erinnerungen

Es ist der 1. Januar 2017, Neujahrstag. Ich bin in Portugal und wir haben heute Vormittag den Landmarkt in Brejos besucht. An jedem 1. Sonntag im Monat findet dieses Ereignis statt. Auf einer großen Fläche, annähernd so groß wie zwei Fußballfelder, sind Stände aufgebaut. Händler bieten fast alles an, was hier zu kaufen ist. Unmengen von Besuchern wälzen sich durch die schmalen Gassen und mit ohrenbetäubendem Geschrei bieten die Händler ihre Waren an.

Heute war so gut wie nichts los. Schnell war ein Parkplatz gefunden, nur wenige Stände waren aufgebaut und Besucher gab es kaum. Es mag vielleicht an diesem besonderen Datum gelegen haben, denn Neujahr und Sonntag fallen auf einen Tag. Zudem war der Himmel bedeckt und ein unangenehm kalter Wind wehte von Nordost aus Spanien kommend. Es lohnt sich nicht, über diesen Neujahrstag zu berichten. In meinem Leben gab es einen anderen Neujahrstag, an den ich heute immer wieder denken muss. Neujahr 1958, vor 59 Jahren. Ich war als Soldat in Göttingen stationiert. Vor wenigen Wochen hatte ich sie kennen gelernt und an diesem Nachmittag des Neujahrstages hatten wir uns getroffen und unternahmen einen Spaziergang. Ich erinnere mich an das Wetter. Es hatte zu tauen begonnen und der Schnee war auf den Straßen und Gehwegen matschig und sorgte für kalte und nasse Füße. Für das alles hatte ich kein Gefühl, denn ich konnte mit ihr zusammen sein und ein größeres Glück hatte ich noch nie vorher empfunden.

Wir unterhielten uns über unsere gemeinsame Zukunft. Wir waren uns einig, immer zusammenbleiben zu wollen und bald zu heiraten. Das sollte innerhalb der nächsten drei Jahre erfolgen. In naheliegender Zeit wäre das damals nicht möglich gewesen, denn mit meinem Gehalt als Unteroffizier hätte ich keine Wohnung einrichten, geschweige denn eine Familie ernähren können. Sie war gerade 20 Jahre alt geworden und ich hatte das 21. Lebensjahr erreicht, war also erst volljährig nach damals geltendem Gesetz geworden. Wir wollten sparen. Bei dem geringen Einkommen, das wir beide hatten, hätte das sehr lange gedauert, zumal sie noch bei ihren Eltern lebte und Kostgeld abgeben musste. Es musste ein Wunder geschehen, das uns bald zu heiraten ermöglicht hätte. Das wusste ich und das bereitete mir Sorgen. Wir hatten aber großes Glück und der Erfolg blieb nicht aus.

Mir gelang der Sprung in die Offizierslaufbahn. Meine jetzt guten dienstlichen Leistungen hatten dazu geführt, dass mich meine Vorgesetzten auf die entsprechenden Lehrgänge schickten. Im Herbst 1959 wurde ich zum Leutnant befördert und Berufssoldat. Meine Dienstbezüge hatten sich deutlich verbessert und Arbeitslosigkeit, wie ich sie bei meinem Vater leidvoll kennen gelernt hatte, war nicht mehr möglich. Wir konnten heiraten, was im Juli 1960 geschah. Wie an einem kalten Neujahrstag geplant, in weniger als drei Jahren!

Heute, am Neujahrstag 2017, 59 Jahre später. Meine Frau ist vor mehr als 14 Jahren gestorben. Ich habe im Februar 2012 eine neue Frau kennengelernt. Sie lebt in Portugal und ich bin in den Wintermonaten bei ihr in ihrem Haus bei Lissabon. Trotz meines bereits fortgeschrittenen Alters geht es mir gesundheitlich und auch sonst sehr gut. Trotz einer ganz anderen Lebenswelt treten Erinnerungen in meine Gegenwart. Meine Gedanken aber sind bei meiner Ehefrau, bei unserer wunderbaren gemeinsamen Lebenszeit, ihrem Leiden und ihrem Tod. Dieses für mich immer noch unfassbare Ereignis liegt schon sehr lange zurück und ich müsste darüber hinweggekommen sein. Das ist mir aber nicht gelungen, denn Trauer und Verlassen werden, kann ich nicht so einfach abschalten und vergessen.

Ich frage mich oft, wie meine verstorbene Frau jetzt wohl aussehen würde? Noch immer so gut, wie ich sie in Erinnerung habe? So wie ich sie einschätze, hätte sie sich auch im Alter gut gehalten, vielleicht einige wenige kleine Falten im Gesicht und das Haar ergraut oder auch ganz weiß. So wie immer hätte sie sich geschmackvoll und zurückhaltend gekleidet. Ihre Stiefel hätten wir zusammen gekauft. Auch geistig wäre sie fit und beweglich geblieben, keine beginnende Demenz. Sie hätte auch jetzt noch viel gelesen und großes Interesse an Büchern gehabt. Vielleicht hätte ich ihr den Computer nahe bringen können. Auch Besuch hätten wir oft bekommen und sie hätte gekocht, Kuchen gebacken und sich mit Pflanzen beschäftigt. Wir hätten gemeinsam noch viel unternehmen können, Reisen und Teilnahme an kulturellen Veranstaltungen. Dafür hätte sie gesorgt. Wir hätten auch das Haus verkauft, denn das hatten wir uns vorgenommen. Wir wollten in eine Stadt gezogen sein, vielleicht nach Rinteln, Bad Pyrmont oder Hameln. Jedenfalls wäre unser gemeinsames Leben schön und lebenswert gewesen. Zu unserer Tochter und dem Schwiegersohn hätten wir näheren Kontakt gehabt und wären vielleicht öfter bei ihnen, als ich es jetzt gewesen bin.

Alles das sind meine Träume, schöne Träume, aber nur Träume und wenn ich aus diesen Träumen in die Wirklichkeit zurückfinde, empfinde ich mein Dasein noch trauriger. Meine Hoffnung ist, ihr in der Ewigkeit wieder zu begegnen, vielleicht so wie damals in der dunklen Novembernacht 1957 in Göttingen. Mein Glück würde wieder beginnen.

Gedanken im November

Geboren vor 88 Jahren im November, erinnere ich mich an die meist kalten Novembertage meiner Kindheit fern im Osten Deutschlands. Sehr oft hatte es schon früh geschneit und es war auch an vielen Tagen schon frostig kalt, sodass sich eine feste Schneedecke bildete. Die Kälte machte mir nichts aus, und sehr oft rodelte ich von dem Berg hinter der Fabrik meines Vaters fast bis auf den Markt in der Stadt. Davon war ich immer so begeistert, dass ich oft vergaß, in der Dämmerung nach Hause zu gehen.

Dann der Winter 1944 auf 45. Schnee und Eis auf den Straßen und Tag und Nacht die Flüchtlings-trecks mit Pferd und Wagen, aber auch Menschen zu Fuß, einen Handwagen hinter sich herziehend. Da-zwischen deutsche Soldaten mit gepanzerten Fahrzeugen und Geschützen. Immer wieder Schneefall und ein totes Pferd, das am Rande der Straße aufgeschnitten lag, weil sich Menschen Fleisch entnommen hatten. Vorbeigetrieben wurden russische Kriegsgefangene, die, wie ich später erfuhr, kaum eine Chance hatten zu überleben. Doch die Kälte, die Nässe und die Dunkelheit sind unverkennbar geblieben. Sie umhüllen die Tage und Nächte, so wie sich Erinnerungen aus meiner

Kindheit um mein Herz legen und tiefe Schwermut in mir aufkommen lassen.

Manche Tage im November tragen besondere Bedeutung. Der Volkstrauertag und der Ewigkeitssonntag sind Momente des Gedenkens an die Toten durch Krieg und Gewalt und die lieben Menschen, die gegangen sind, und der Besinnung auf Tod und Vergänglichkeit, wovon wir alle betroffen sind. Der Satz aus dem 90. Psalm, auf jeder Beerdigung gesprochen, kommt in Erinnerung: „Herr, lehre uns bedenken, dass wir sterben müssen, auf dass wir klug werden!"

Besonders in dieser Zeit denke ich oft an meine liebe Frau, die Ende Oktober vor fast einem Vierteljahrhundert von mir ging. Die Trauer um ihren Verlust ist nie vergangen. Sie ist ein stiller Begleiter, der mich durch die einsamen Stunden führt. Die Abende sind am schwersten, wenn die frühe Dunkelheit und die nur spärlich erwärmte Wohnung die Einsamkeit noch spürbarer macht. Ich denke an damals, fast ein Vierteljahrhundert schon vergangen, aber immer noch wie gestern, an den Tod eines sehr geliebten Menschen.

Die Beerdigungsfeier hatte stattgefunden, die Trauergäste waren abgereist und die Dankesbriefe für die Kondolenzpost geschrieben. Alle Hektik war von mir gefallen und jetzt war ich richtig alleine in meinem großen Haus am Rande des Dorfes an der Weser.

Würde ich lernen, mit diesem so anderen Leben klarzukommen? In dieser verzweifelten Situation habe ich mir meine vielen Fotos von den gemeinsamen glücklichen Tagen angeschaut. Dann habe ich daran gedacht, wie ich ihr an einem dunklen Novemberabend begegnete und mich daran so stark erinnert, als wenn ich es eben erlebe. Das hat mein Leben damals zu einem schönen gemacht, begonnen an einem finsteren Novembertag.

Trotz der Trauer gibt es auch Momente der Freude. Weihnachten steht vor der Tür, und mit ihm die Erinnerungen an glückliche Zeiten. Die Lichter, die Geschenke und die Treffen mit guten Freunden erinnern mich daran, dass das Leben trotz allem auch Schönheit und Freude bietet. So sind die Gedanken im November eine Mischung aus Trauer und Freude, aus Begegnung und Verlust. Sie erinnern daran, dass das Leben ein ständiger Wandel ist, und dass inmitten der Dunkelheit immer auch ein Licht entzündet werden kann.

Noch einmal Kind sein

„Papa, ich bitte dich, gehe bei diesem Wetter nicht vor die Tür!" Das hatte seine Tochter am Sonntag bei ihrem kurzen Besuch eindringlich gesagt. Sie hatte allen Grund, ihrem Vater dieses Verhalten nahezulegen. Es hatte die ganze Nacht geschneit und die Temperatur lag mehrere Grade unter dem Gefrierpunkt. Die Gehsteige ließen sich nicht vom Schnee einfach räumen, eine Eisschicht lag darunter. Sie hatte absolut recht und ein alter Mensch, der schon ziemlich unsicher und wackelig auf den Beinen ist, kann sich einen Sturz nicht mehr leisten, denn ein Oberschenkelhalsbruch könnte der Anfang vom Ende sein. Und dann Schluss, Aus und Vorbei!

Der nächste Tag. Immer noch Eis, Schnee und Kälte. Das Fernsehen zeigte in seinen Nachrichtensendungen den Zustand der Straßen und Eisenbahnen. Fast nichts ging mehr. Schneeverwehungen, kilometerlange Staus auf den Autobahnen und das THW im Dauereinsatz. So sollte es noch Tage andauern. Der alte Mann hatte heute Morgen einen Brief geschrieben. Es wäre doch schön, wenn sein Machwerk noch heute in den Briefkasten käme. Ein Gang dorthin, soweit war der Briefkasten nicht entfernt, könnte er schon noch schaffen. Frische Luft bei der Kälte tut doch gut und ist besser, als in der geheizten Bude mit verbrauchter Luft herumzusitzen und leidend den alten Mann zu spielen. Es wird schon nichts passieren. Man muss sich nur der Straßensituation angemessen verhalten. Gefrorener Schnee ist gar nicht so glatt, wenn man nicht Schuhe mit Ledersohlen angezogen hat. Früher ist er immer bei Schnee und Eis mit dem Fahrrad unterwegs gewesen und wenn die Leute ihn deswegen fragten, war seine lachende Antwort immer:

„Bei solchem Wetter bringe ich ein Auto nicht auf die Straße, viel zu gefährlich". Kopfschütteln seines Gegenübers. Aber so war es doch, wenn es zu glatt wird, kann man absteigen und was für ihn noch wichtiger ist, er kann niemand anderen verletzen. Wenn es schlimm kommt, höchstens einen Sturz vom Fahrrad. So seine Gedanken. Eigenartig, wenn jeder sagte: „Bei diesem Wetter kannst du doch wohl nicht …", passierte ihm nichts. Unfälle mit dem Fahrrad erlebte er nur, wenn er sorgenfrei, mit Rückenwind, bei Sonnenschein und Vogelgesang träumend durch die Landschaft fuhr. Dagegen war er bei Eis und Schnee immer in höchster Konzentration. Na ja, wie auch immer. Aus diesen Jahren war er schon lange raus.

Mittlerweile ist war es heller geworden.

Herrlich, Sonnenschein bei Frost und Schnee. So etwas kommt ganz selten vor, da würde er gerne von seiner Straße ein Paar Fotos machen. Jetzt draußen zu sein würde ihn wieder in seine Kindheit versetzen, rodeln in Hinterpommern vor der Flucht 1945. Wie war das damals schön! No risk – no fun, geht es ihm durch den Kopf und schon hat er seine dicken Winterschuhe an den Füßen. Die gefütterte Jacke und den langen Wollschal mehrmals um den Hals gewunden, sollte er schon bei den höheren Minusgraden anziehen. Jetzt der Fotoapparat, ein flaches Weitwinkelobjektiv wäre jetzt das richtige und ist im Nu auf die Kamera gesetzt. Handschuhe an, Schlüssel bloß nicht vergessen und dann steht er auch schon vor der Haustür, tief die kalte Luft einatmend sich zur vollen Größe aufrichtend. Vorsichtig die ersten Schritte, immer sicherer werdend kommt er vom Hauseingang auf den Bürgersteig. Herrlich, wie befreiend er das empfindend.

Der Briefkasten ist schnell erreicht. Er wagt weitere Schritte bis zur Abbiegung der Straße. Ach ja, noch einige Fotos. Die Lichtverhältnisse sind hervorragend und die hochauflösende Kamera wird Fotos machen, die sich dann sehr gut vergrößern lassen. So kann er auch jede Menge Bildausschnitte machen. Auf dem Weg zurück zu seiner Wohnung gelingen ihm noch einige Fotos von der eingeschneiten Straße mit den schneebepackten Autos. Nachbarn sind ihm nicht begegnet, wagen sich wohl alle nicht raus, sind wohl vernünftiger als er.

Nach und nach wird ihm bewusst, er kann sich das nicht erklären. Was ist mit seinen Kniegelenken los? Keinerlei Schmerzen, sicherer Gang, kein Torkeln –

ein Wunder ist geschehen. Seine Tochter wird ihn fragen, ob er auch (schön artig) in der Wohnung geblieben sei. Er wird ihr sagen, dass er bei einem solchen Wetter es nicht gewagt habe rauszugehen.

Natürlich nicht.

Letzte Worte

Danke, dass Sie mir durch diese kleine Sammlung gefolgt sind. Vielleicht haben Sie in meinen persönlichen Alltagsgeschichten etwas von sich wiederfinden können. Vielleicht haben Sie gar Lust bekommen, selbst etwas zu schreiben?

Das Leben eines Menschen kann aus meiner Sicht als eine Aneinanderreihung von vielen kleineren oder größeren, interessanten oder uninteressanten Geschichten verstanden werden. Geschichten, die nicht immer spannend und erzählenswert sein müssen, sondern die den Alltag beschreiben, Ansichten zu Lebensfragen beinhalten und so einen Einblick auf die Einstellungen, Gefühle und Handlungen einer Person geben.

In meinem 8. Lebensjahrzehnt stehe ich fast am Ende meines Lebens. In diesem Bewusstsein, bald an meinem Ziel angekommen zu sein, stelle ich mir oft die Frage, ob ich ein Leben geführt habe, das den moralischen Ansprüchen einer christlich geprägten Kultur entsprochen hat. Ich will das nicht nur alleine beurteilen und kann das auch nicht. Das sollen andere tun, die mich kennen und die vielleicht meine aufgeschriebenen Gedanken lesen und sich damit auseinandersetzen.

Jeder Mensch, gleich wann er gelebt hat, ist ein „Kind seiner Zeit". Ich bin das auch und Ereignisse, die ich erlebte und Menschen, denen ich begegnete, haben mich geformt und aus mir das gemacht, was ich bin: Ein kritischer Mensch, der versucht, Zusammenhänge des eigenen und gesellschaftlichen Lebens zu begreifen und sich danach mit seinem eigenen Handeln auszurichten.

Meine Kindheit und Jugend waren vom Krieg, der Flucht und der Nachkriegszeit geprägt. Angst, Not und Mutlosigkeit haben mich damals oft beherrscht und mussten von mir verarbeitet werden. Heute bin ich dankbar dafür, dass ich immer wieder Mut und Kraft fand, mein Leben trotz allem Leid anzunehmen und es weiterzuleben. Mir ist auch klar geworden, dass ich wertvolle Erkenntnisse für mein Leben hauptsächlich in den schweren Zeiten gewinnen konnte. Ich glaube, dass ich keinen nennenswerten seelischen Schaden genommen habe. Es gelang mir vielmehr, aus dem teilweise harten Leben zur Erkenntnis zu gelangen, dass es Krieg, Vertreibung, Not und Elend nicht mehr geben darf und dass wir als verantwortlich handelnde Menschen alles dafür tun müssen, um dies zu verhindern.

Essen im Oktober 2024

Über den Autor

Gustav Denzer, geb. 1936, hielt nicht nur selbst mehr als 38 Jahre lang als Hobby-Imker zahlreiche Bienenvölker – wozu er auch ein Buch verfasst hat – auch in Vorträgen und Zeitungsartikeln klärte er über diverse Missverständnisse in Bezug auf die Tier- und Pflanzenwelt in seiner Region auf und setze sich für ein friedliches Zusammenleben ein.

In seinem Geschichtenband reihen sich größere und kleinere Erzählungen aus seinem reichhaltigen Leben zusammen. Sie werfen Lebensfragen auf, indem sie scheinbar Alltägliches in den Mittelpunkt der Aufmerksamkeit rücken. Geschickt bewegen sie sich an Schwelle zwischen Fiktion und Realität.

Falls beim Lesen Fragen in Ihnen aufgestiegen sind oder Sie Lust haben, mit dem Autor dieses Bandes ins Gespräch zu kommen, ihn gar zu einer Lesung einzuladen, können Sie sich an folgende E-Mail-Adresse werden:

Denzerfuhlen@web.de

Weitere Bücher von Gustav Christian Denzer

Mein Leben für die Bienen

Ein Hobby-Imker erzählt

ISBN: 978-3-7693-0238-7